B

1——過刊室

包冠涵

「**永遠。**」我的心裡響起了這兩個聲音。

我對這兩個字有著無以復加的慾望。

打從我很小的時候起就是如此。

我敲打著永遠的概念，像一個小孩，明明手中只握有一塊生鐵，

但他日夜地敲打它，彷彿要強迫它變成鐵軌，強迫它無盡地延伸，

通過一片事實上沒有任何人有足夠的氣力通得過的蠻荒的草原。

我時常聽見敲鐵的聲音，有時候在耳窩中，有時候在額角，

有時候則在眉心以內大約五、六公分的地方。

我時常想那段鐵軌的距離無非就是一個人可以嘗試著去數算，

卻又無論如何數算不盡的哀傷。

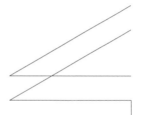

名家推薦

（照姓氏筆劃排列）

「包冠涵的小說充滿了各種可能性，在想像力的爆發與創造上，瀰漫幽默與逗趣的情節。而在寫實之際，又敏感細膩的描述內向世界。他構築小說世界之餘，亦融入自己現階段的生活雜想，虛實交替，成為他小說的風格。」——**甘耀明**

「像一根羽毛刮過生鏽的黑鐵，或許他只想輕輕呵笑世界，卻使原已粉飾過的存在裂出傷口，忍不住流血了。」—— **孫梓評**

「冠涵在〈Chen Yun Zhi〉描述一名油漆工人。他寫著：『覺得我好像那老人，好像早就在心底預先地把一個今生想完成的作品（作品中的精神、文字、記憶與哲學）用鉛筆描在牆上，剩下的只是真正去寫。』我以為這正是進入冠涵書寫的密徑。《B 1過刊室》是堪咀嚼、手工精細的小說集。」—— **楊富閔**

目次

B1過刊室｜009
Chen Yun Zhi｜077
聖誕樹的故事｜153

B1

過刊室

有一天，我枕著兔子，在B1過刊室中午睡。
我夢見海。
那是我與她一起去過的海邊，我一眼就認出來。
我們赤裸著腳，在濕沙中行走，談笑，一如那一天。
奇怪的是岸上的燈光都不見了，海因此僅剩下兩種顏色，
黑色，以及比較淡的黑色。我所以知道是夢。
我轉過身看她。

我感到即使在夢中我們仍互愛著的這個事實是無比荒謬的。

這裡很黑，有時候會這樣覺得。因為燈管上全是痰。那些人為什麼要這樣子吐痰我一點都不懂。他們都是些蜥蜴、地鼠、割腕的人、落魄的拳擊手、集郵的人、貨車司機、把舞鞋掛在耳朵上的芭蕾舞者。他們的手在翻書。他們弄髒那些書頁。因此我時常聽見字在哭泣的聲音，聲音都是混雜起來的，跟人哭的聲音交融在一起。我聽那些聲音，有時候我也哭。哭的時候我就去吃泡麵，讓自己把注意力轉移到飢餓上。椰子殼在桌面上走路。桌面上還有雞冠，血淋淋的，剛剛拆下來的雞冠。雞已經不見了，不知道是誰吃了雞。我在那麼黑，那麼幽暗的光裡審視著所有人的唇角，我覺得每個人都有嫌疑，每個人都有可能生吞一隻雞，並且讓那隻雞在他的肚子裡永恆地報曉下去，天黑天亮，胃裡有一個獨立的日子，胃裡有一個獨立的清晨。坐在我對面的兔子在讀書，牠的耳朵上有香菸烙過的焦痕，像雪地裡的腳印。一個禮拜中至少有五天我在這裡讀書。我占據一張長桌。有一次有個警察坐在我對面翻一本犯罪學的雜誌。他是個看起來很疲倦的人。他的臉是藍色的。他說這裡空氣太壞了。他問我你是不是偷放屁？我說，幹，他便毆打我，用他的警棍，那是一根木製的警棍。我很想知道是用什麼木頭做成的，我很喜歡木頭，喜歡樹，樹是真正懂得游泳的生物，樹喜歡把波浪像花瓣一樣串成皇冠戴著跳舞。

我有個脖子，所以我當上了一個文學的研究生，因為你必須有個脖子才能當上文學的研究生。有尾巴的話也可以，因為你可以倒吊在樹上讀書。我的研究所同學裡就有一隻猿猴。他是隻驕傲的猿猴。他是隻馬來跗猴，很小一隻，大約跟我的手掌差不多大，我很愛他，我讓他窩在我的鉛筆盒裡跟我一起聽課。我們聽後殖民理論的課，聽盧卡奇，聽霍米巴巴，其實我們什麼都不懂，因為太難了，我在聽課的時候偷偷用小刀把香蕉削得小小塊的餵他吃。他其實不喜歡吃香蕉，但是沒辦法，因為我從小被教育成猴子就是愛吃香蕉的，這種教育他媽的左右並且干擾了我對愛的理解與實踐，很煩，可是馬來跗猴可以懂我這種尷尬的處境，這是我愛他的其中一個原因。

我上了兩年課修了三十個學分之後，某一天有個人告訴我我該寫論文了。那確實是個人。但我忘記是誰了。於是我回到外面租的房子後哭了三個晚上。我討厭寫論文，因為我雖然有一雙眼睛但是我分不太出來12級字與14級字的差異而且我不懂的東西太多了，例如以下這一段話：「主體決定模式、結構、劃定範圍，對創作客體擁有至高無上的支配權，這種支配權在於那些沒有總體性的史詩形式的抒情性。這種抒情性便是史詩的最終的統一；它不是生吞無客體的自我觀照中單獨的『我』，也不是將客體融化為感覺和情緒；它生於形式，創造形式，支撐這樣一部作品中被賦予形式的一切。」（盧卡奇，《小說理論》）馬來跗猴跟我一樣不懂。這是我愛他的第二個原因：他跟我一樣笨。我們時常因為笨而被侮辱。有一次研究所所長叫我去走廊罰站，因為我以為霍米巴巴是那個用熱油把強盜澆死的人。又有一次教授拿十字弓射我，因為我削香蕉的時候削到自己的手指然後哭出來。教授沒有射到我。他射中我後面的同學。他失血過多，死了。我們去參加他的告別式。那是個雨天，我看到很多黑傘，張開來的黑傘，收束起來的黑傘，當司儀要我們上香時，我低聲對馬來跗猴說，你有沒有注意到，當傘收起來的那一瞬間，會有一種很美麗的聲音，我不會形容。馬來跗猴回答我：你什麼東西都不會形容，因為你笨透了，而且你這輩子不可能懂得什麼是美麗，你不應該使用你不懂的字眼。於是我改口說：你有沒有注意到，當傘收起來的那一瞬間，會有一種聲音，好像一個人吐出了自己，然後看著那個自己面無表情的臉。那個自己濕濕的，頭髮很貼。

讀研究所的時候我常常很餓。因為我很窮，所以我只好去商學院幫人泊車。每泊一輛車我可以賺五十塊。我賺到錢的時候就帶馬來跗猴去酒吧聽歌。那個酒吧在海邊，它的特色是火柴免費，而且裡面有個彈吉他唱歌的男人。我們實在太喜歡聽他唱歌了。他是個胖子，有時候有大鬍子，有時候沒有。胖子養了一隻金魚。他把魚缸掛在胸前。馬來跗猴去酒吧時會穿西裝。我則穿球鞋。

我在酒吧的地上打滾的時候頭髮沾到了很多花生殼。

馬來跗猴說他要念到博士班，因為他想在大學教書。我不相信他有辦法念到博士班，因為他會撕書。他把書撕成一個長條，裹住自己的屁股，然後在我的房間裡滑雪。其實根本沒有雪。他嘟起嘴巴發出咻咻的聲音。他告訴我那是暴風雪的聲音。我有時候是很崇拜他的。我這一生壓根沒有聽過暴風雪的聲音。

我常常哭，可是我也常常笑。我覺得我只要拍下自己哭的樣子或笑的樣子就可以畢業了。卡嚓，卡嚓。他們說不行。他們不接受這種論文。他們還規定論文裡要有註釋。我光為了搞懂註釋是什麼就花掉了五個月。後來還是沒有搞懂。有一次我問地下道中一個算命的女生：我有理解力嗎？她凝注著水晶球整整五分鐘，最後說，水晶球說：米（沒）有。

我常常去樹林裡面撿葉子。因為我喜歡葉子。我曾經在小巷子裡偷尿尿，因為我不知道為什麼不行。藍色的燈光在窗子裡拍打著窗子，像燕子。你知道王爾德在〈快樂王子〉裡讓王子對燕子說過什麼話嗎？「親愛的小燕子，」王子說：「你給我講了種種奇特的事情，可是最奇特的還是那許多男男女女的苦難。」

「歐歐歐。」馬來跗猴頓悟了什麼大道理時，就會發出這種聲音。我後來學會了這種聲音。我曾經去馬來跗猴家玩。馬來跗猴的家在一間大賣場的停車場裡，用一個啤酒木箱搭起來的。那裡充滿汽車廢氣的味道。馬來跗猴告訴我：在我還是個美好的少年的時候（他強調：我可以使用「美好」這個字眼，因為我確實懂得「美好」的意思），我本來想要去馬戲團裡當一個明星的，我會很多特技，我會轉動削鉛筆機，會寫明信片給遠方的愛人，會玩溜溜球，還會發撲克牌給那些貴婦人，而且不會因為她們身上的香水味動不動就翻白眼。但是我放棄了。因為我愛文學，你懂嗎？這就是為什麼我在這裡。我要把我的一生奉獻給文學。「什麼意思？」我實在好奇。他說簡單來說就是相信。就是全世界的人都說你被騙了但是只有你不能夠對自己這麼說。「歐歐歐。」我回答。其實我心碎了。我的心很容易碎，因為我用鼻涕糊自己的心。我感冒的時候就抽自己的心出來擤鼻子。因為我很窮，買不起面紙。

我也有一個愛人。所以我明白寫明信片給遠方的愛人確乎是一種特技。

我也有一個愛人。我們在很奇怪的地方相遇，結識，並成為情侶。那是在象脫逃的時候。全動物園裡那些穿灰色制服的員工都在追捕象。她跟象躲在樓梯間吃蘋果。她的腳翹得高高的，掛在窗格上，嘴巴裡兜轉著蘋果的梗，陽光灑落在她的臉上，好像有些畏懼她，卻又捨不得不照亮她。我看到象嚇壞惹（了），因為我沒有想過近距離地看象象竟然這麼大，於是我就昏倒。不知道過了多久，我醒來，發現她和象正俯瞰著我，都有些憂慮的模樣。她質問我：「你幹嘛啦？」我想我大概是在那時候愛上她的。我常常想起她問我的這個問題，在很多時候，這個問題把我聚合起來，讓我成為一個比較有可能擁有尊嚴的人類，就像我的鼻涕讓我得以擁有一顆心。

我們最常去文具店約會。有時候我們也去釣具店約會，去看那些麵包蟲，銀色的釣線與鉛錘，看頭戴漁夫帽的人在結帳的時候伸手抓自己的屁股。我們一邊看一邊笑，一邊也伸出手去抓對方的屁股。我們是很浪漫的一對情侶，跟世界上大部分的情侶一個樣。

我不認為我不懂得美麗。我有很多美麗的記憶。有一次我把馬來踟猴當成一顆棒球那樣子打擊出去，用一捆捲起來的卷宗。卷宗原本是放在所辦裡的。所辦就是研究所辦公室的意思。那裡面有一台冰箱，一台影印機，還有幾個盆栽，盆栽的學歷至少都是大學畢業。我討厭學術研討會，我看不懂大多數的論文，有些研討會你只有十五分鐘發表論文，時間到了就會有人按鈴提醒你時間到了。有一次有一個人在講翻譯理論，他舉本雅明當例子，還畫了一個圖，我記得那個圖，有個圓，一個切線，兩個東西組合起來像膀胱，於是我便感到一股充漲的尿意，好像有人正在我的膀胱中試著把盤古開天闢地的神話翻譯成德文。「鞋子很臭。」有一次我看見一個人用這個句子當作例子來論證感官如何在某些知識論的體系中被鄙夷並被排除在外。鞋子是很臭沒錯。大部分的時候，尤其是夏天。但是我們都需要鞋子，因為鞋子就像人們身邊的其他的東西一樣，可以保存美麗的記憶。我後來買了一罐鞋子消臭劑。它的名字叫「去味大師：鞋內銀消臭」。但是我不常用它來噴我的鞋子。除非是那天我知道我會用我的鞋子來裝義大利麵。「有些人去死吧。」李志這樣唱著。

我在任何地方都可以打滾。我上輩子是一顆保齡球。上上輩子是一顆彈珠。上上上輩子是一株風滾草，曾經出現在約翰．韋恩的電影裡，足足有五秒。這五秒鐘的榮譽像光一樣穿透我的每一世，使得我時常羞愧於自己的墮落與低下。

叮咚，叮咚。有一扇門，有人在按電鈴。結果不是人，是我的好朋友馬來跗猴。「馬來跗猴你好。」「人你好。」嘩啦啦，嘩啦啦，我們亂比一些手勢打招呼。然後我把他抓起來放在我的脖子上。這代表我心情好，他也心情好。如果我心情不好的話我會把他放入微波爐然後按2。哈，開玩笑的啦。如果他心情不好的話他會撕碎我架上的書。會用他的排泄物把一本詩集裡的句號塗改成逗號或頓號，這很糟，因為這讓我對所有的詩多疑。有一首保羅・策蘭的詩就被他亂改了一通，那首詩叫〈抓住那死無常〉：

抓住那死無常
依偎其上：
彈著兩根手指在深淵，而草稿本上
世界喧聲大起，就看你了。

馬來踃猴把最後的句號改成逗號。以至於我一直在等「你」有所行動。該死。我記得我在客運站讀這首詩。我坐到屁股都麻了。我跟同一位盲胞買了五次口香糖。他最後告誡我：「嘿，別人也想吃口香糖。」

馬來踃猴來找我。他帶了伴手禮來，是顆被咬了一半的大蒜。他說他是在一間海產店的地板上撿到的。我拿出小刀，把咬了一半的大蒜再分成一半，然後兩個人珍惜地把手中的大蒜吃掉。我實在喜歡吃大蒜。馬來踃猴也很喜歡。吃完後他就講正事。他問我，你論文寫了米（沒）？米（沒）。我回答。他告訴我他正在研究一位叫做

Αναξαγόρας的古希臘哲學家。他說，這傢伙認為宇宙一開始是一片混亂，接著出現一種叫奴斯的理性要素，讓繁星世界開始進行井然有序的規律運動。「蛤？」我說。「我要把這套用在我的論文上。」他說。「蛤？」我又說。他說：「重點是繁星，」馬來貘猴露出癡迷的神情：「你不覺得星星很美嗎？它們實在有超多顏色的，而且會發出不同的聲音，有的像水壺的笛音，有的像溪流裡的鵝卵石，有的會發出在陌生的風很大的月臺上翻地圖的聲音。」「是喔。」馬來貘猴聽得見星星的聲音，稍微對生物學有些涉獵的人都知道這件事。只要遇見什麼美麗的事情，馬來貘猴就會想把它們放進他的文學論文裡，好像他的論文是一本貼紙簿。「可是你不覺得秩序很鬼扯嗎？」「你怎麼能這樣說呢？」他訓斥我：「你這個低能的人類，你連凝望都不會，你怎麼可能知道啥麼叫秩序。」「哈哈也是啦。」我邊說邊拉開微波爐的門。

把他煮熟。

哈！怎麼可能。

因為按2的話時間不夠。**哈！**

凝望。我確實曾經凝望過些什麼。曾經有的。只是那些日子都鼻（不）見惹（了）。李志（逼哥）這樣唱：「我多麼想念你走在我身邊的樣子，想起來我的愛就不能停止。」

我的論文指導教授是一隻蛞蝓。他喜歡吃萵苣。他也喜歡潮濕、陰暗、憂鬱、欲言又止、不好笑的笑話。他喜歡婚外情、惡意的雙關語、放在椅子上的圖釘、不接受安慰的嚎啕大哭者。他討厭人類已經理解過的世界。他跟我說過：太好笑的笑話對人類是一種污辱。我說：可系（是）你又鼻（不）系（是）人類。他就笑了，好像我剛剛說了個不好笑的笑話。我每個禮拜裡會有兩天去他的研究室抽菸。他也喜歡抽菸。他沒抽菸前是半透明的，像好天氣又沒光害時所看見的乳色的銀河。抽菸後他就變成深紫色的，像人太緊張時用力咬著的下唇。蛞蝓教授的博士論文寫的是惹內。他常說：惹。惹。惹。惹。惹。惹。他告訴我要企近惹內的靈魂的第一個步驟是把中文世界裡的句末語助詞「了」全數改成「惹」。「真的假的？」我半信半疑：「我要去死惹（了）。」他又笑惹（了）。幹。

很多人想拿鹽巴灑蛞蝓教授。據說這樣子做他會被溶解。其實鼻（不）是被溶解，是被醃成蛞蝓乾。蛞蝓沒有防水的表皮，鹽會透析蛞蝓身上的水分，讓他嚴重脫水。討厭蛞蝓教授的人有很多。當他們用鹽灑蛞蝓教授時，蛞蝓教授就會嚴重脫水。嚴重脫水的他看起來跟一口乾掉的痰一樣清潔。有一次我差點就踩死他了。那時候他正在地板上跟一隻赤裸的馬陸接吻。他說：靠杯喔，注意點（watch out）。他轉過頭跟那隻馬陸說：幹現在的研究生都是白目。一開始我們感情就沒好過。我們彼此憎恨。這種坦率的對彼此的恨意讓我們的情意無可攔阻地一直增長。真的很機。後來我們的感情終於好到我們會一起讀惹內。我們一天讀個一段左右。通常要是個安靜的雨天。我撐著傘走到文學院。他的研究室在四樓一隅，在廁所旁邊，那裡很暗，而且鬧鬼。每次我去找他時都會看到一個斷頭的鬼。簡稱A鬼。A鬼的頭被B鬼拿走了。B鬼舌頭很長，穿黃馬褂。A鬼說：「還來啦。把我的頭還來啦。」B鬼說：「鼻（不）要。」「還來啦。」B鬼說：「鼻（不）要。」我每次經過那邊都覺得好累，好累呀。好像我是B鬼手裡的那顆頭，嘴唇一開一闔，一直反反覆覆說著：「還來啦」、「還來啦」、「還來啦」。有次我終於他媽的受不了惹（了）。我對B鬼說：「幹還他啦。」他們兩個鬼一起驚詫地轉過身來，說：「幹關你屁事。」於是我想我在這個世間必須謹敏於一種無所逾越的生存或思索的律則才好。

一天讀個一段就累死惹（了）。有時候我一天只能讀兩三個字。我需要花一千年左右才能讀完《追憶逝水年華》。我在正忠排骨飯的櫃檯前面花兩個星期讀完菜單。

他隨手翻開一本惹內的書。指定我唸一個段落。我就唸。有一次我唸一個段落。

唸完就哭惹（了）。他驚慌失措地閃避著窩（我）滴（的）眼淚，因為眼淚裡有鹽分。恐怖喔，恐怖喔，西洋人流的眼淚裡有鹽分，中國人流的眼淚裡也有鹽分。那段是這樣的：

對於下列的聲音，我感到鄉愁般地眷念：當我獨自在囚室中夢想時，在我頭頂的那間牢房會有人站起來，開始走來踱去，以一種平緩的步調走動著。由於步伐的精確，我猜想那人可能在白日夢中遊走，懷想著溜逝之物。我想擁有我舊日的悲慘同伴，那些憂傷的孩子。

這段話無可避免地令我想起7。7是我給他取的代號。從此在這個他曾經與我並立過的此世他的名字就叫7。他當然有可能在另一個我無從想像起的世間擁有另一個名字或依舊行用著他原有的名字，這不關我的事，如鬼所言，「幹關你屁事」，如我在馬桶上大的便自滑入一個幽暗無語的池子之後，就被其他的人稱為水肥。即便如此，我總不可能跟別人說，嘿，你等我一下，我去拉個水肥。沒有人這樣講話。我們的語言看似自由，其實充滿了界限，也充滿了責罰。如果你硬要說，我去拉個水肥，就必定會有人跳出來指摘你，說：ㄟ～～～。

我一天大三次便左右。我的大便狀況算是通順的。我永遠記得有一次，我在圖書館內鎮日地讀書，那是個晴寧的秋日，天空看起來好高，好像從小就喝克寧奶粉長大的天空。我坐在窗邊唸一本叫《從地圖看基督教傳播世界兩千年》的書。那是本白色封皮的大書，裝幀予人十分素雅的印象。我不知道自己為什麼要讀那本書。可能因為我喜歡書裡有許多地圖，也可能因為那書本容貌的美麗，誰知道呢？我他媽的可沒有擁有那麼高超的自省能力。總之讀到一半我就想大便了，可不是開玩笑的，那想大便的念頭惡狠狠把我摜倒在桌上。我只好去大便。我帶了兩包仙麗兒（SINLIERH）面紙到廁所去。廁所好寧謐而且好白，地磚是白的，壁磚是白的，連隔音天花板也是。吹彈可破的光線從氣窗外流洩進來，照耀在我的屁股上，在那一刻，我相信我的屁股必定是幸福的吧，雖然它所經受的幸福感無法轉遞給我的心，因為我的心不太喜歡跟屁股交談，認識彼此，很奇怪，它們明明都有兩瓣，但是感情卻不好。仙麗兒面紙的背面有張紙卡，上頭寫了星座的介紹，我拿到的那張面紙是雙子座。它寫：雙子座，活潑多變的星座。雙子座的幸運花是鈴蘭與紫羅蘭，雙子座的幸運色是黃綠色。我在想，多變是暗喻多便嗎？人在馬桶上有時候真的會像個善妒的情人般猜疑。我大好便了，非常順利，一種出清似的大便，跳樓大拍賣，一件不留，老闆哭惹（了）似的大便。我擦好屁股，攏上褲子，倚在門上，驕傲地凝望（我說過，我確實曾經凝望過些什麼）白白的蹲式馬桶裡的大便，總共有兩條，形狀完好，像one take，一鏡到底。大便很粗，感覺很強壯，如果那兩條大便是腿的話，我想它們一定是可以跑得又快又好的。我好捨不得沖掉它們。我怎麼能夠？我做不到。我哭惹（了）。我要把它們帶走，我要養它們，雖然我不知道大便吃什麼？整個人類的文明從來就不把大便視為具有消化與進食能力的主體。這是很過分，很壞，而且相當地偏狹底（的）。後來我還是沖掉它們惹（了）。嘩嘩的水聲嘩嘩。馬桶裡的水濺起來，濺濕惹（了）窩（我）滴（的）褲管，彷彿在為我哭泣似的。阿，don't cry for me, stool。我好像送走了一個我可以去愛的人，送走了一雙腿所可以遠行的風景，以及那片風景之中所有未可逆料的深思、憂愁，與美。

「嘎。烏鴉的逆襲。」（出自一部印度紀錄片《老房子的聲音》，影片末尾奔跑的小男孩追逐狗時所說的臺詞。）

我肚唧（子）餓惹（了）。等一下我要去SEVEN買咖啡並且要自己煮麵吃。

我喜歡去商學院幫人家泊車。泊一輛車我可以賺五十塊錢。然後跟馬來酎猴去酒吧聽胖子唱歌。那裡火柴不用錢。我可以劃亮一根又一根的火柴，假裝要燒馬來酎猴的毛。我的指導教授蛞蝓曾經說過「毛」是一個很神聖的字眼。因為有這樣的用法

「你把我惹毛了」。在他的觀念中，唯有很神聖的字眼可以跟「惹」並列。

我研究所三年級惹（了）。有時候我不免感到蛞蝓教授對中文的深愛。因為他將最普遍的句末助詞換成了一個他真正崇敬並且讓他願意低貶自身的字眼。我腦中浮現他匍匐在一個他說出口的句子下方的視覺印象。那印象讓我想哭。

我媽跟我爸很擔心我。因為他們擔心我畢業後找不到工作，而且雖然他們沒有明說但是我覺得他們兩個都覺得我腦袋有問題。其實米（沒）有。因為我曾經在燈光下細細地審閱我的腦袋。我先用扳手把腦殼轉開（YouTube 上有詳細的教學影片。）然後顫顫地把自己的腦袋捧出來。我的腦袋很美，它是粉紅色跟白色的，像受潮的壽桃。我唯一不開心的是我的腦袋聞起來有豬腦湯的味道。我用指尖撫滑過那些縱橫織錯的紋路。黏黏的。我翻來覆去地檢查自己的腦袋。確定米（沒）有浸水或發霉之後就把它塞回去了。有了那次的經驗之後，我就覺得我不應該再自卑了，我應該理直氣壯並且心安理得地活在世界上。

我媽是個人。我爸也是個人。所以我也是個人。這是大部分的情況。但是有些人連這樣的事情也要去質疑。例如赫曼．赫塞就曾經寫過：

每一個人都帶著他誕生的痕跡……有的從來沒有變成過人，一直是青蛙、蜥蜴、螞蟻。有的腰部以上是人，以下是魚。每一個人代表大自然在創造人方面的一次賭博。我們都來自於同一個來源——我們的母親；我們全都是由同一個門進來的。可是我們每一個人——各個深度的試驗——都努力奮鬥向他自己的命運走去。我們能夠互相了解；可是我們每一個人卻只能向他自己解釋他自己。（《徬徨少年時》）

我爸會變魔術。有一次他把自己變不見了。好幾年。那幾年裡我跟我媽每天晚上都為了這個魔術的精湛而鼓掌。我媽研究過針灸。我鼻塞時她就在我的鼻翼跟人中扎滿銀針。所有的鼻水嚇得屁滾尿流。

我媽希望我去考公務員。我爸也希望我去考公務員。所以我也希望我去考公務員。這是大部分的情況。但是有些人連這樣的事情也要去質疑。例如安妮・狄勒德（Annie Dillard）就曾經寫過：「就算我們用上全部的信仰能力，」德日進繼續說：「命運也未必會朝著我們希望的方向發展，而是朝著它必須的方向。」卡爾・拉納提出呼應：他認為，若以為只要一直做對的事情就不會遇上沒有世間出路的處境，這種想法不啻為現代的異端。（《現世》）

李志（逼哥）這樣唱：關於鄭州我知道的不多。

我跟蛞蝓教授說：我畢（不）想寫論文。蛞蝓教授說：又沒差。蛞蝓教授又問：

「那你想幹嘛？」我回答：「我從來米（有）變成過人，我一直是青蛙。呱呱呱呱呱，呱呱呱呱呱，呱呱呱呱。」他笑惹。「呱呱呱呱，呱呱呱，呱呱呱呱。」他說：「你夠了米（沒）有。」「米（沒）。」我說。

「米（沒）。」

一切哲學的起點是米（沒）。課堂上一位教授說的。鼻（不）系（是）我說的。我那時候還是個大學生，或許剛滿二十歲，年輕得像熱呼呼的馬尿。7那時候也剛滿二十歲。7跟我當了六年的朋友。我常常想，這六年真正教會了我永恆的某部分意涵。永恆首先是種內在意志。承認那意志的存在，就等於孤立地與任何人都不再共有時間。

7有個妹妹。7死後，他妹跟我連絡，跟我約在某個地方見面，是間位在鬧區的麥當勞。我一邊等她一邊剪指甲。我把指甲屑聚在一塊兒，掃進窩（我）底（的）掌心，然後趁著去上廁所時偷偷把那堆指甲屑傾入某個人的可樂杯裡。阿咧，不行ㄇ（嗎）？過了約定的時間，他妹一直沒來，真是他妹的，我只好去點了麥克炸雞吃，因為我餓得像個三原色裡面的藍色。我的手油油的，好煩，我去洗手。回座位。我的座位靠窗。窗是透明的，所以我可以看見樓下的人，樓下的車，樓下的鬼。鬧區不常有鬼，因為鬼怕吵，鬼的神經很纖細，鬼喜歡穿燈絨褲，但是因為他們沒有腳所以他們都把燈絨褲的褲管牢牢綁在胸前，這也是為什麼有些鬼講話有氣音——他們把褲管綁太緊了。他妹來了。我第一次看見7的妹妹。她跟7一樣臉上有雀斑，皮膚一樣白，髮質一樣爛。他們一家人可能都用威猛先生去霉劑洗頭吧。「抱歉，遲到了，我錯過了原本要搭的公車。」「是喔。」我說。實在不知道該說什麼。總不能叫她去罰站。他妹遞給我三本A4大小的筆記本，每本都是米灰色封面，封面上用燙金字體印著「橫線筆記本」五個字，真沒創意的字，為什麼不寫「鼻（不）要搔我癢」？她示意我翻開。那對我來說是個艱難的時刻。我把其中一本筆記本翻開一秒鐘然後飛快地闔上。「看完惹（了）。」我說。7的妹妹接回我遞還的筆記本。她說：「我都看過了。裡面是我哥寫的一些故事、日記或讀書筆記。」「喔。」我回答。還真有趣。「我希望你留下這些。畢竟你們是最好的朋友。他寫這些東西時，是你最常陪在他身邊的，不是嗎？筆記中時常出現你說過的話。寫著你們一起做過的事或想要做的事。」我打斷她，我只說：「幹啦，」然後就接不下任何的話，因為我一直哭。最後麥當勞叔叔的塑像從長板凳上站起來（他本來翹著二郎腿坐著，露出一副志得意滿的神色）安慰我。他拿麥脆雞塊幫我擦眼淚。辣味的。我一直哭。當我停止哭泣時7的妹妹早就不見了。天色暗了下來。有個月亮在那邊不知道在幹嘛，月亮都是神經病。我手中有三本筆記本。

我不知道該拿這些筆記本怎麼辦。他妹把手機關機了。幹。我連續打了兩個月。最後號碼停用了。聽到「您撥的號碼已暫停使用」時我發瘋地搥牆壁，結果手骨折了。我去照X光。護士把我的手固定在機檯的平面上，要我比OK的手勢，然後想把我一個人留在X光室裡。她要關門前，我對她說：「鼻（不）要把窩（我）一個人丟在這邊。」她笑得岔氣了，好像我說了全世界最好笑的笑話。我真的不懂有的女人在想什麼。醫師開給我一條關節炎用凝膠，還有胃藥、肌肉鬆弛劑、解熱鎮痛錠。我懷疑他們在惡搞我。乾脆直接開避孕藥或釘書針給我算惹（了）。足足有半年的時間我的手不能做太激烈的動作，不然會很痛。

我缺少一個動詞來對待或對應7所留下的筆記本。我幾乎嘗試過中文世界裡所有的動詞了，鼻（不）系（是）開玩笑的，窩（我）認得很多動詞。例如「侑」，寬恕，饒恕，通「宥」；例如「沍」，寒氣凝結；例如「庋」，收藏、埋藏；「嘬」，咬；「忕」，習慣；「擨」，嘲弄；「摎」，擠壓，逼迫；「拒」，擦拭，拂拭；「涴」，汙染，弄髒；「蠲」，免除。

免除。

我覺得涴是個還不錯的字。如若只能從中挑一個的話，我大概會選擇這個字。至少這是個誠實的字，比忕或侑好多惹（了）。

我考上研究所惹（了）。在那之前，我已經延畢了兩年。延畢很棒。我整天都沒事幹。偶爾會哭一下。肚唧（子）餓惹（了）就企（去）吃飯。7聽說埋在了一個風光明媚的地方，有塊綠草如茵的草地。還有座旋轉木馬，有13段變速，比大部分的自慰棒還厲害。我的大學同學們邀我去那個地方。其中有個女生問我，「我們大家都去過了，你為什麼不去呢？那裡真的很漂亮，離他沉睡的地方（她還真的用了「沉睡」這兩個字）不遠，有一棵茂密的楓木，長得很美，尤其在陽光下，樹葉篩落的影子好像在跟他說著很親密的話。」我爬起來，坐在大學寢室的床沿，看著大家。我覺得事情其實是很簡單的。他們可以一起去一個地方，去看他，想像他在那邊。但是我不行，因為我米（沒）有這種想像力。如今我知道，米（沒）有就是米（沒）有。

我常常打滾。我有時候會在研究所課堂上吃蓋奇巧克力棒，發出咵吱咵吱的聲音，因為我的肚子隨時隨地都在餓。我也會餵馬來跗猴吃蓋奇巧克力棒。我有時候餓到想吃馬來跗猴。

第一個學期結束的那個冬天。我跟馬來跗猴一起坐火車去玩。我揹著背包，馬來跗猴也揹著他的背包，他的背包很小，是用一只女人的手套剪裁成的。我們到了一個海邊，那時候已經要黃昏了，冬天動不動就黃昏了很煩。我們坐在一棵看起來快要死掉了的橄欖樹下吸菸，喝難喝得不可思議的咖啡。跟往常一樣，馬來跗猴告訴我，他將要寫一篇很美麗的文學的論文，那與其說是論文，不如說是一篇對文學的頌歌。我有時候會想著，是不是因為他是隻很熱情的馬來跗猴，所以他把全數因他的熱情而顯得美麗的種種幻影都投擲到文學身上了呢？實則文學並不允諾美麗，文學與世間各種看似堅韌的東西一樣都是孱弱而且——相對於人們習於或慾望向文學所索討的——無能得殘酷。我很羨慕馬來跗猴。我覺得我不應該用幻影來形容熱情在他心中所激生的美麗，因為他曾經說過，奉獻的意義即是相信，「就是全世界的人都說你被騙了但是只有你不能夠對自己這麼說。」

不能夠對自己這麼說。因此就是成為一個沉默的人且即使面向自身的命運亦是沉默的。是嗎？我有時候會想著，如果7在的話，他會不會也羨慕馬來跗猴呢？

馬來跗猴問我：你會不會覺得，冬天的夕陽看起來比較小？我反問他，你會不會覺得，冬天的老二看起來比較小？

「各位同學大家好，我今天要探討的文本是〈大頭大頭下雨不愁〉，全文引述如下：大頭大頭，下雨不愁，人家有傘，我有大頭。首先必須分析幾個關鍵字的意涵，分別是大頭、雨、愁，人家以及傘。我想「大頭」在這份文本中與「雨」同屬一個概念平面，因之有著如德勒茲所言的，共同創造（co-création）的特質。一般來說，「大頭」應指向內向性的思維或孕育想像之能力，但是在本文中，「大頭」因為「雨」而產生了一個物理的遮蔽性質，一種具有表層與輪廓之物，亦即是說，內向性被迫轉向並成為具有抵禦功能之外殼（此處，為了說明此一質變，我們援引斯賓諾沙《倫理學》第二部分，命題十三之附釋：「公理一：所有的物體非動即靜。」作為絕對預設，且將之替換為「所有的物體非內即外」或嚴格意義上來說是「所有的物體非可見即不可見」），我們當省思這一時刻中內在之物有了什麼嬗變？那樣子的轉變是屬乎本質的抑或是歷程的？該以何種時間範式觀看該轉變？又或者更應究討的問題其實是，有沒有一種內向性是即使全宇宙的雨都降落在那顆大頭上，它也不為隨雨所賦形的輪廓而有絲毫質性之更移。我想，這或許正是我們可以去夢想的堅毅，這裡我所稱的堅毅非是落在一不可攻破的知解系統或笛卡兒式的單子主體上面，而是宛若G. Fessard於〈Théâtre et Mystère〉一文中所討論的：「不可見者」向觀眾開啟，引渡他們越過日常的藩籬，仰賴了演員所具顯之悲劇性臨在進而深深地鼓舞了觀者。我認為，正是在此一鼓舞的層面上，吾人纔可能更好地接收，並領略了第二句中的『不愁』，實則是蘊藉了何其精厚的對人之存有境況的祝福。非情緒上、物質條件上之不愁，乃存有意義上之內在堅毅的不愁……。」

李志（逼哥）這樣唱：誰的父親死了？請你告訴我如何悲傷。

我會使用開罐器。

我用廣達香肉醬拌麵吃。

不知道在幹嘛。來談一談文學院。我讀的研究所在文學院裡，因為我讀的是文學研究所。文學院總共有大概四層樓。我說大概是因為我沒有真正認真地去數算過它。誰無聊沒事會去數文學院有幾層樓？文學院又不是星星。文學院很陰暗。有次我跟我同學（馬來跗猴以及S）在文學院的走廊上撿到一隻蝙蝠。牠似乎受傷了，又似乎只是很想睡覺。任何生物來到文學院都會很想睡覺。我們餵蝙蝠吃蘋果、楊桃還有S從哲學系帶回來的沙特前期哲學的講義。蝙蝠不喜歡吃沙特前期哲學的講義。

文學院裡面有這幾個單位：中國文學系暨研究所／外國語文學系暨研究所／歷史

學系暨研究所／哲學系暨研究所／語言學研究所／臺灣文學研究所／人文研究中心。

文學院裡面有很多教室。我常常經過那些教室外面。這也沒辦法。我也很不想這樣。我跟S一起去聽沙特前期哲學的課。課在每個星期四的早上九點。教室裡的窗簾沙沙沙地作響，好明亮的光線就像草叢中逐漸清晰了的赤裸的屍體般讓我們心神不寧。我有一次帶釣竿去上沙特前期哲學的課。我釣走惹（了）教授的紳士帽。那是一頂長得像《小王子》裡的某一張圖的帽子。我用的餌是馬來跗猴嚼過的口香糖。帽子的品味真是讓人費解。說到費解，我很喜歡「費解」這兩個字。我要把「費解」當作一種視角來研究所有的文學。恩，這篇小說很費解。恩，那篇也是。這樣就可以畢業惹（了）。

教沙特的教授很生氣我釣走了他的紳士帽。他說「還來啦」，跟鬼說一模一樣的話。我突然覺得很悲傷，就把帽子還他惹（了）。我還送給帽子一條extra的口香糖。花了我二十五塊。帽子很開心。帽子對我說：謝謝。帽子很有禮貌，因為它是一頂紳士帽。

文學院有個中庭。中庭裡有魚池，附近種了很多樹。我記得有一棵是麵包樹。還有幾棵鳳凰木。鳳凰木跟我在別的地方看到的鳳凰木不一樣，感覺很清瘦，所以我有時候中午會買便當然後坐在樹下跟它們一起吃飯。我把骨頭以及我不喜歡的菜給它們吃。三年下來，它們多多少少有變胖一些了。

文學院裡有很多風。很多奇形怪狀的黑暗。

我有個研究室，是跟大家（S、E、C，馬來貘猴）一起共用的。我們在裡面堆疊疊樂，玩射飛鏢。馬來貘猴沒有辦法跟我們一起玩射飛鏢，因為他太矮了，他跟飛鏢差不多高。馬來貘猴唱李志的歌：我們生來就是孤獨。研究室裡有兩張遺照。是兩位文學界的老前輩。他們兩位看起來都很嚴肅。有時候我一個人在研究室過夜，我會覺得自己在他們的嚴肅中輾轉難眠，彷彿徹夜經受著拷問，例如，他們問我，文學難道不該為農民負責嗎？難道文學只能是特定階層的裝飾之物嗎？我回答：靠杯，文學搞大了農民的肚子了嗎？每當我這樣胡亂回答，他們就用摺扇的扇柄戳我的耳朵跟喉結。有時候我們什麼都不說，只是沉默著，各自想各自的心事，接著天就亮了，文學院中庭的鳥開始像得了蕁麻疹般叫個不停。遺照中他們兩位老先生的臉孔看起來更疲勞了。於是我再度感受到他們原是為了自己也不盡明白的深情而臨受著忘乎生死的苦楚。我發誓要去圖書館借他們的書，然後一百次、一千次地遺忘了自己的誓言。

鳥都喜歡叫嗎？有一種鳥叫鷸鴕，牠們的叫聲是keee-weee。維基百科上面說：

「鵪鴕相當害羞，主要在夜間行動。牠們的嗅覺很敏銳，連在十公分深以下的土中的蟲兒及氣味也能聞出並抓來吃。」

在我童年時曾流行過一種巧克力，圓形的，做得像硬幣一樣，外邊封裹銀色或金色的錫箔紙，紙上還壓印了女王頭像。要吃這種巧克力之前，必須先把外頭的錫箔紙摳開。每當我把錫箔紙摳開而看到巧克力的那一瞬間，都會有種受辱的感覺。後來我就不再吃這種巧克力了。

我小時候常暈車。暈車時，我把剛剛吃下的東西都吐進一個塑膠袋裡。然後整趟旅程我都緊緊捏著那個塑膠袋。

派對吹笛跟派對吹捲是不同的兩樣東西，雖然兩者外觀看起來很像，都是一個吹柄連接著一個紙捲，當你朝吹柄呼氣，原本捲曲起來的紙捲便會因為注入了空氣而繃得直直的，像隻要去搶餅乾的小手。不同的地方在於：派對吹笛吹起來有笛音。從這點來判斷，我跟S、E、C還有馬來貘猴在研究室裡頭玩的是派對吹捲而不是派對吹笛。那次是為了幫C慶生。我們還戴甜筒帽（S用色紙幫馬來貘猴也做了頂拇指大小的甜筒帽），唱生日快樂歌。英文的唱一次，中文的也唱一次。C把蠟燭吹熄。在搖曳的燭光中，我們曾經顯得多麼親密，幾乎像是一家人似的。唱生日快樂歌時我短暫地想起7。偶爾就會這樣子。

我讀過一段話。是馬賽爾（Gabriel Marcel）在自傳中寫的。自傳出版時他八十歲惹（了）。我相信能夠說：那些不再活於此世，而仍充斥於我心中的親友，不斷地使我覺得他們還在為我作媒介的工作。因此我渴望與他們再次重聚之可能會在基督之光內獲得保證。基督不是我能對之專注的物體，而是能變成面容的一個光源。

我不知道基督之光是什麼意思。再者是，我也不確定自己渴望與7再次重聚。再再者是，我厭惡保證這種東西。李bb（李志）唱：我們沒有鬧，我們不能叫，我們的生活戴套套。可是當我讀到「能變成面容的一個光源」時我哭了。

我想就是這樣。我決定開始讀7所留下來的那三本筆記本。它們保存完好，沒有任何傷損。因為我聘請了五個保鑣戍衛它們。我每天去商學院泊車付保鑣薪水。我很棒。為了賺更多的錢我還幫一些教授打手槍，我的技術沒有很好，大概吧？但是我很細心，我打手槍時會小心不要扯到他們的陰毛。他們在高潮時情不自禁說出口的囈語與名字我都假裝沒有聽見。事實上我什麼都記得。我曾經發明過一個公式：宇宙＝記憶。在這個公式中，沒有時間的立足之地。有位教授射精前所說的話最讓我費解。他喊道：百山祖冷杉！我回家費了好大的功夫總算把這五個音拼出來。網路上寫：「由於這種新冷杉僅在浙江南部慶元縣百山祖南坡海拔一千七百米地帶的針闊混交林中保存四株，並且難於開花結果，因而已被列為世界亟待保護的瀕危植物。」看得我好動容。

高中的時候，我對文學還懷有嚮往與幻想，所以某個假期，我去參加了一個出版社舉辦的文藝營。我以為在那邊可以找到文學。我以為文學會穿著海綿寶寶的人形布偶裝，站在會場入口發套套。地點在北藝大。那裡入夜後可以看見河對面的燈光，好美。後來我就回家惹（了）。在熙來攘往的臺北車站地下道，我遇見一個人，一個臉容髒汙至看不出年齡的男人。那個男人撥開我周遭的人，逼近我，直視我的眼睛，厲聲問：你為什麼不去死？

我把這件事跟7說。當作一段少年時冒險的回憶，而且還省略了自己嚇到差點尿褲子的部分。7聽完後露出恍然大悟的模樣，然後說：對耶，為什麼呢？他是極其溫柔地在思索那個問題的，彷彿那個問題是隻雛鳥，眼睛睜不太開，也無法自己覓食。我總想，7思索那個問題的方式就宛如把自己撕成一小莖一小莖的肉條餵鳥吃。因之那個問題回饋給他的夢想，那個問題在他的心靈所留下的觸摸的記憶，便使得不受撕肉之苦的人感到了納悶。我就時常感到納悶。有時候我覺得7在我眼中是一根閃電形狀的鼻毛。

有時候我透過以下這種迂迴的算式來想念7：x+17=24。15-x=8。

有一天我打破了一扇窗戶。我用熨斗把它砸破。沒有原因。那是文學院裡的某間教室的窗戶。我看見很多碎片。它們在陽光下顯得很美，碎片邊緣的光芒幽藍而曲折。我打電話叫我的同學們都來看。在他們來之前，碎片就被掃掉了。我賠了一千五百元。他們都來惹（了）。S、E、C，馬來跗猴。我只好請大家到學生活動中心下面的餐廳吃冰。

假如我曾經對別人宣稱我要研究7，寫一篇跟7有關的論文當作是我的畢業論文，我不會真的這麼做。我是開玩笑的。因為我說過我缺少一個動詞來對待或對應7所留下來的筆記本。就這一件事情上而言，「研究」是個好動詞嗎？呃。那美國是個好國家嗎？那你家養的吉娃娃是匹好馬嗎？那那一座不知道為什麼長出了翅膀來並且飛來飛去撞爛了你家的液晶電視的馬桶座是個好馬桶座嗎？我的意思是說如果你剛好想大便，身邊又沒有捕蟲網的時候？

我搬回家。

睡覺。

我跟女朋友與象現在住在同一座城市裡了。我有時候會去看他們，跟他們一起咬蘋果吃。下午，接近三、四點的時候，陽光會照進她的房間裡，這時候象就會喝一口水，然後製造小小的彩虹給我們看。七彩的光的水霧，還有她的床單的味道，我一直喜歡。有時候她去廚房榨檸檬汁。我就躺在象的腳邊，慫恿他把我踩死。象膽子很小。我問他：「你最怕什麼？」他說「死」，我又問他：「死是什麼？」他回答：「翹辮子。」「什麼是辮子？」他說：「避（不）機（知）道。」於是我跟他還有她一起看《後宮甄嬛傳》，裡頭的男人都綁辮子（大概吧？）。只看惹（了）一集，因為我告訴他這齣戲中有很多人死掉，象就說我不要看這個。象還很年輕，其實他是頭小象，只是看起來很大隻。

她在一間保齡球館上班。我告訴她我上輩子是一顆保齡球。喔？她問我：幾磅的？

我媽以為我研究所畢業了。我沒告訴她我論文連一個字都沒寫呢。我爸長了骨刺。我爸叫我去考公務員。

每天起床後我就帶著7的筆記本到那間又破又潮濕的圖書館去。圖書館位在舊市區。有一隻跛腳的狗看守著圖書館的大門。空氣中永遠有尿的味道。有兩次我的屁股坐到菸屁股。又有兩次我坐下去才發現我坐的不是椅子而是存放核廢料的鐵桶。這都無法阻止我到那邊去。我都待在B1過刊室。過刊室是過期期刊室的意思。這裡也是全圖書館最臭又最暗的地方，因為那些人都在燈管上吐痰。我找到幾本雜誌，上面有7已經發表過的小說作品。我還記得當那些雜誌要登他的作品時他很開心，他拿稿費買了兩雙襪子給我，還請我跟其他同學去吃雞排。那些雜誌我都有。他有送給我。他送我的雜誌是他自己花錢買的。因為雜誌社只寄給他一本，那一本他要送給他妹。他死後我就把雜誌都丟了。怎麼說呢？因為那些雜誌無時無刻不在我耳邊尖叫。我找到那幾本雜誌。

他有篇小說，題目叫〈拍肩膀〉：

大學畢業（中文系）後，我去當兵。當兵的地方是個面積不超過五平方公里的小島。四面都是海。島上多風，風無時無刻不在颳一種草，草很硬，因此草被颳動時，便發出了心不甘情不願的鼓掌的聲音。晚上，我在營區睡覺，當掌聲持續了整夜，我想我一定是過著很光榮的人生吧。同梯的弟兄問我（一位讀經濟系的，鼻毛很長的男生），「中文系畢業是要幹嘛呢？」他語氣帶著顯而易見的不屑，那時，似乎是個公差的空檔，我們躲在一株長在岬角上的莿桐樹後邊抽菸，面向著海。海風像凶猛的山羊群那樣擠在我身邊來跟我討鹽吃，可是我沒有隨身攜帶鹽的習慣，我只有帶菸而已。

電光石火間，我福至心靈地想及，「鹽」跟「菸」是押韻的呀。我可以這樣回答我的同袍：我要在逢甲開個路邊攤，專門告訴客人什麼字跟什麼字、什麼詞跟什麼詞是押韻的。「好的，小姐，炸雞跟豬皮，謝謝，二十元。」想著想著，我兀自笑了。我的弟兄愣愣地望著我。

我反問他，「經濟系畢業要幹嘛呢？」他清了清喉嚨，壓低聲音，神祕兮兮地對我說：「你有聽過Muhammad Yunus嗎？」因為他太神祕兮兮了，以至於我以為那是個藥頭或黑槍販子的名字。「沒。」我說。他拍了拍我的肩膀。

必須要說：我實在很討厭別人拍我的肩膀。那會讓我覺得自己矮人一截，覺得被同情或被施惠。我還記得，在我印象中，第一個拍我肩膀的人，是我在童軍營隊裡遇到的，我還是個八歲或九歲的孩子，他大概已經是個高中生了。我並不認識他。當時我正和我的同伴站在外帳營柱旁觀察一隻紅褐色的，很美麗的長角姬天牛，他湊過來，手上拿著童軍繩，拍了拍我的肩膀，問我「會不會打十字結？」我什麼話都還來不及回答，他就開始示範了起來。足足示範了有十五分鐘或二十分鐘那麼久。等他心滿意足地示範完畢，滾蛋之後，天牛早就不知道消失到什麼地方去了。我和同伴十分洩氣。打從有了那次經驗，我就相當警戒會隨便拍人家肩膀的人，對於所謂示範這件事，也深感懷疑。

跟我同梯的傢伙拍了拍我的肩膀。我倒是沒有表示反對，也未將之推下海去，畢竟，都活到這把歲數了（二十四歲），對於偽裝或壓抑情緒等皆早已習以為常。他嘆道：「Muhammad Yunus，是個了不起的人哪。」接著，他便歷歷點數起Muhammad Yunus所行所遇之事，如一九七四年的孟加拉大饑荒、喬布拉村的編竹凳婦人、微型貸款、鄉村銀行。他吟誦Yunus在演講中或在書裡所說過的名言，如「有一天，我們的子孫將只會在博物館裡見識到貧窮。」又如「This system trashes people.」我問什麼意思，他吐了口長菸，煙霧宛如一尾文雅的蛇般摩娑著他的黑頸子，黑臉頰，隨之被扯下並甩向波光粼粼的海面。他說：這個制度，我們的社會制度，把人們像垃圾般拋棄。他說：失敗者，受苦的人。

我的同袍開始為我上起經濟學的課來。課程內容包括冗長的定義，解釋與舉例。還有例子中的例子，定義中的定義，彷彿俄羅斯娃娃般令我感到眼花撩亂。終於我打了個大呵欠。他停止上課，瞠目結舌地望著我，顫抖著問：「難道你都不關心嗎？」「蛤？」「關心這個世界，關心窮人、不公義，關心制度的根本缺陷。」這樣的指責可嚴重了。怎麼能說我不關心窮人呢？說我不關心窮人豈不是在說我不關心自己嗎？我連忙正襟危坐，收起正要點的香菸，同時提醒自己，若想要關心窮人，關心世界與制度（？），首要條件就是不行打呵欠。這可是件難事，不輸給憋尿，因這是個日光舒媚的四月午后，海風雖強勁，擱淺了芽菜的岩床在經曝晒後所蒸濔出的特殊甜味，仍猶如巫婆沿途置下的糖果，讓人撿著拾著就恍惚地逸出了現實的領土。我緊咬口腔內壁，利用疼痛迫使自己清醒。當課程結束，我已滿嘴是血。

我記得在那株莿桐樹的背後，經濟學佈道一直持續到黃昏。早過了應該歸營的時間。我不由得想起排長罵人的口音以及他誇大的動作。每當排長要對你吼，他會先將右手握拳，放在腰際，前後轉幾下，有如把自己視作一輛摩托車來催油門似的。金星像顆冰塊般掛在天際，每隔一段時間抬頭看，我就覺得金星又溶得更小了一些。最後，我的同袍似乎糾纏於對貧窮的定義上。他問我：「你覺得貧窮是什麼？」「沒錢花。」我簡短回答。逐漸加深的暮色讓我感到惴惴不安。他再度拍了拍我的肩膀，柔聲慨曰：「是人無能履行人的責任哪。」

他拍我肩膀時，我本該如某市長般震怒的，但EQ很高的我僅是佯裝感動地重重點了幾次頭，將他半扶半攙起來，說：「我們回去吧，長官們會擔心的。」起身之際他因久坐而步伐踉蹌，邊跌撞地走，他又喃喃道：「一定有個更好的世界，一定有的，一定有。」我側過身顧護他，深怕他墜下崖去。憑藉著夕照我看見淚水爬滿他黝黑的臉孔。我彷彿知道他為什麼哭，也彷彿並不知情。他既粗且長的鼻毛，左右兩邊，少說也有十數根吧，隨哭泣時胸腔的鼓脹提舉而探出鼻孔，像畏光的小昆蟲般躲匿於其中，朝外界羞澀地款擺觸鬚。看見鼻毛的那瞬間，我竟有股想掩住他的鼻子的衝動，彷彿希望那些微渺的生命體能夠恆久地待在黑暗處，勿要遭受絲毫的打擾。營區在前方了。營區的北圍牆外種植著一列瘦骨嶙峋的鐵冬青。我們沉默地行經樹的長影。遠遠地望過去，哨亭裡已經切亮了卵般的圓燈。

還有一篇小說叫〈一直沒有還的書〉：

十多年前，我借了一本書一直沒有還，所以我的借書證早就被停權了。目前我用的借書證是跟高中同學洪政良借的。他反正用不著。不是說他死了或怎樣的，而是他現在在基隆高中教書（教國文），再怎麼說，基隆離臺中都是有段路的。我從來不敢臨櫃請館員幫我辦理借書手續，我只用借書機借書，因為我害怕被識破，怕哪天會出現一個毛茸茸的壯漢箝住我的手腕，粗聲對我吼道：「你不是洪政良吧？」

我不確定我所恐懼的究竟是：

1、毛茸茸
2、壯漢
3、粗聲吼
4、被識破

或許是1。我傾向答案是1。因為有天，我自問，嘿，好吧，假如說箝住你手腕而粗聲揭穿你的，是個很壯的保齡球瓶，你還會這麼害怕嗎？我對自己說不。

十幾年前我借的那本書，是徐頌仁所著的《音樂演奏的實際探討》（臺北市：全音樂譜，一九八七）。我壓根沒印象我借過這本書，因此，當我收到圖書館用email寄來的逾期通知時（收到信的日期是二〇一二年六月十二日；應還日期則是二〇〇一年一月二號），簡直驚訝得說不出話來。我去借一本探討音樂演奏的書幹嘛咧？著實詭異。我對樂器可說完全一竅不通。在我收到那封email之前，我以為讓我的借書證被停權的會是別本書，可能是羅素寫的《西洋哲學史》或保加利亞作家涂爾巴圖．伊利艾斯庫那本哀婉幽淒的遺著《如何幫綿羊選購一副好墨鏡》。就怎麼也想不到會是《音樂演奏的實際探討》。

我有想過也許我體內某個潛藏的人格是精通於樂器的。

每晚我入睡後，那個人格（姑且稱他為霍洛維茨吧），就把我（的身體）挖起來（罔顧我白天也許已經寫了十個小時的東西了），然後爬上橫跨臺中港路（現在改成臺灣大道了，殺了我吧）的天橋，朝右走，經過三個路口（分別是東興路、精誠路、太原路），再悄悄溜進忠明國小的音樂教室（得當心不要被校門口大王椰子樹擲落的樹葉擊中）。

霍洛維茨老兄一邊彈琴，一邊從外套口袋裡掏出那本早已經被翻得破破爛爛的《音樂演奏的實際探討》對照著閱讀，「今天要來複習〈句法與運音〉這個章節裡的技巧嚕，真棒，」彈奏的過程中，霍洛維茨不時喃喃自語道：「幹為什麼右手虎口有點痛呢？知道了，一定是H（就是指我）這白痴最近又去打羽毛球的關係，智障，難道他不知道我晚上要練琴嗎？」

直待到窗外的天色微藍（如果是冬天，那大概是五點半；若是夏季，則是四點二十分左右），開始有綠繡眼在烏臼樹的枝椏間啼叫了，霍洛維茨才萬般不捨地蓋上琴蓋（彷彿裡頭埋了他最心愛的小狗一樣），將椅子擺正，仔細反鎖好琴房的門，回家。他的步伐就像是退燒藥的藥效那樣子地鈍慢而恍惚。

霍洛維茨老兄回家後就把《音樂演奏的實際探討》藏在一個我永遠都找不到的地

方。

另一篇題目詭異的小說，刊在《聚點文學誌》上的〈我告訴上帝我想當詩人〉：

我記得在我出生前，我很喜歡喝燕麥粥。我時常捧著一個上頭印有史奴比圖案的小塑膠碗，裡頭盛著燕麥粥，在天堂走來走去，走累了就停下來用小調羹鏟起一小口燕麥粥，心滿意足地塞進嘴裡。那個年代流行的是養樂多跟布丁。當其他等待著降生的孩童正咕嚕咕嚕地喝著養樂多，或把布丁的上下層攪碎再一大口囫圇吞掉時，孤獨地捧著燕麥粥的我的背影，看起來一定像個僧侶吧。或許就是因為這樣，我得到了上帝的青睞。那時候我們雖然常常可以看見上帝，卻很少有機會和祂說話。祂總是戴著全罩式的監聽耳機，一溜煙跑過我們面前，有時候胸前抱著一疊書，一盆黃水仙或是一桶爆米花。他邊跑爆米花邊沿路灑下。我們跟在上帝後面像麻雀一樣撿爆米花吃。這也無怪乎我出生二十多年後，有次在北美館看見來臺展出的米勒名畫〈拾穗者〉時，心中竟有一股異樣的觸動，彷彿憶起了極為久遠的往事。總之，那天，我一如往常地捧著燕麥粥在天堂晃蕩，上帝招手叫我過去。

我走過去。很難得地祂沒有戴著耳機。

上帝說：「嘿。」

我也說：「嘿。」不然你要我說什麼？

祂指了指我的碗：「燕麥粥好吃嗎？」

「還OK，還不錯。」我回答。

祂說：「我小時候也蠻喜歡的。」

「是喔。」我說。然後我花了三秒鐘思考祂是不是要我分一點給祂。

上帝聳聳肩，說：「這樣子吧，為了紀念我們這份相似的卓越品味——」

「什麼卓越品味？」我打斷祂。

「燕麥粥呀。」

「喔喔。」

上帝深呼吸，他的白色大鬍子發出窸窣的聲音，像有個小學生躲在他的鬍子裡揉零分的考卷：「我給你個機會，讓你可以選擇出生以後你將成為的人。你有三個選擇：A、一個NBA籃球明星；B、一個數學家外加電腦駭客；C、一個詩人。」

因為我討厭體育，更不喜歡數學，所以我很快地回答：「C好了啦。」上帝說：「嘻。」我分不清楚祂是在嘲笑我的選擇還是在重複我的選項。祂說：「決定了就不能反悔了喲。」我塞了一口燕麥粥到嘴巴，然後說：「隨便啦，反正不過就是一生。」

爾後，當我被國中數學老師用2B鉛筆（附有橡皮擦的那端）戳太陽穴（她咆哮：連驢子的腦袋都比你好）時，我會（無比心痛地）想起這件往事，想起這個在天堂時我所做的無心的決定。我（在內心）對那位老師說：妳可是差一點點就得在大學課堂上研讀我的數學理論了呢。又或者我幻想著駭入那位女老師的電腦，搜出她所有的照片，把她的臉通通貼換成甘地的臉。我彷彿看見甘地穿著ESPRIT的櫻貝色春裝，站在日月潭的水社碼頭前比ya。他（她？）的右手手肘彎曲成75度。看吧，我還是懂數學的。又爾後，我的高中同學在課堂上傳閱《NBA美國職籃畫刊》、《HOOP》或《XXL》，看著封面上那些停格在半空中，正準備要灌籃的大塊頭，我的心臟一陣緊縮：只差一點點，那個離地一米半、歪嘴濃眉、肌肉發達的傢伙就會是我。我摸摸自己此時此刻的臉頰，彷彿是在長途列車的窗邊，用指頭抹開一片霧濕的玻璃。

我在網路上搜尋「甘地名言」。

甘地說：「為什麼我們還沒獲得自由？因為我們受的苦還不夠。」我不知道他是認真的還是在開玩笑。這大概就是名言或格言之類東西的麻煩之處。說不定甘地心血來潮，跟鄰居的小女孩玩照樣造句，小女孩先說：「為什麼我還沒蛀牙？因為我吃的加倍加棒棒糖還不夠。」然後甘地便說出了上面那個句子。

高中的時候我並不想當電腦駭客、數學家或NBA籃球明星，而是真的如我在天堂跟上帝說過的那樣想當一個詩人。我去找班導師，對她說：「我不想讀大學了，我想當一個詩人。我要去當兵，之後隨便找個工作做，然後寫詩寫一輩子。」班導師輕輕笑了笑，像尾優雅而迷人的海豚般把我的告白頂在鼻尖，彷彿頂住的是一顆毫無重量、再輕盈不過的海灘球。她說：「連大學都考不上的人，怎麼可能當得了詩人呢？」

我進了大學，念中文系。迎新餐會上，學長姊發給我們每個新生一張A4大小的紙。紙上畫了學校周邊的地圖，詳細地標記出餐廳、影印店、小吃攤、漫畫出租店、網咖、自助洗衣店的位置。我低著頭數了數，總共有七間自助洗衣店，這可能代表我來到了一個很注重清潔的地方。

我很難過且羞恥於自己曾經對班導師說過諸如「我想當一個詩人」或「寫詩寫一輩子」這樣聽起來萬分篤定的話。那些話語（或許）直接證明了我無論對詩抑或對人的一生都一無所悉。當時的無知至今仍然對著我發射強光。有時候我必須戴眼罩才能入睡，因為我的無知太刺眼明亮了。停電的颱風夜，我把無知擱在餐桌中央或擺放在浴缸的邊緣。

如今，我已經不能理解詩人是什麼了。就像我業已無法明白作家、小說家、藝術家、哲學家、畫家……這些字眼是什麼意思。有時候，我不小心在某些場合看到上述這些字眼，被寫在諸如演講廳懸掛著的紅布條上，或是侷促地蜷縮於研討會壓克力名牌上之一角，那時，我總是會想起一則關於某個人把一整缽痰喝下去的噁心笑話（我並非意欲諷諭那些字眼是噁心的，不是這樣子的，而是，那種滑溜、溫熱、難以斷盡與斬除的污穢感、附著感，再再讓我聯想起人與其身分的關係）；除此之外，我也不由得會憶起〈約伯記〉裡的一段話語，那是在第十四章：「你攻擊人常常得勝，使他去世；你改變他的容貌，叫他往而不回。他兒子得尊榮，他也不知道，降為卑，他也不覺得。但知身上疼痛，心中悲哀。」

如果還有機會再見到我的高中班導師（我還記得文化史課程中，她像米開朗基羅似地在黑板上畫了全幅的世界地圖。我們屏息聽粉筆消耗磨噬，化為齏粉的聲音，眼前的海灣與大陸彷彿剛剛舒綻開來的花瓣一樣潮濕，一樣透明，好像還會隨著呼吸、光線與霧靄，而有輕微的晃曳。）我會對她說：「老師，我已經不想當一個詩人了。」她會問：「不然呢？」又或者她只是沉默，拋過來一道既冷淡而又關懷的眼神，像以往那樣子。我鼓起勇氣接著說下去：「我想當一個但知身上疼痛，心中悲哀的人。」

就是這樣。我覺得，我應當默想這個夢想，日日夜夜。

我無法說些什麼。我讀得很慢，而且毫無次序可言。有時候，恍惚之間我發現自己已經在讀著某一篇小說裡的最末段，然而關於情節，關於那個正被我凝盯著的字是如何歷經其他的字所圍繞的空缺而來到我的眼前，我毫無印象，也提不起多大的興趣。不只一次，我想，在7寫下這些小說時，他必然曾經與一份確乎蘊有血肉的時間是處於至深的盟約之中的，非如此不可，否則我沒有辦法想像小說有辦法成立。然後我彷彿聽見7將那樣子的時間撕成一小莖一小莖的——呈條索狀——而哺餵雛鳥時，時間的皮肉離析、水血墜地的聲音。或許對於桌上擱著7的小說的我來說，如今唯有那聲音充盈於我們普遍稱之為閱讀的這個人類活動中。一直以來我所領受的文學教育並未讓我習得如何與那樣子的聲音共存，怎麼說呢？我不怪文學，也不怪教育，這是我個人的資質問題。或許我該再次用扳手轉開腦殼，更徹底地檢查一番我的大腦。或許我該聽我爸的話去考公職，考上以後買輛Mitsubishi的汽車，無聊的時候就閒坐在車內，無論晴雨，聽兩支雨刷來來回回地把玻璃刮得像他媽的聖潔的靈魂一樣亮。

我邊讀7的小說或筆記邊抽菸。圖書館裡禁菸。可是大家都抽。我把菸捻熄在兔子的耳朵上。兔子則用胡蘿蔔搧我耳光。我不知道是誰占了誰便宜。卡夫卡曾經寫過：「因此，最好的建議還是：承受一切……反映這情境的標準手勢是把小指頭放在眉毛上。」我放惹（了）。感覺真的不錯。兔子在讀一大堆過期的時裝雜誌。我問他：「你讀這些幹嘛？」他反問我（指著我手中的文學雜誌）：「那你讀那些幹嘛？」我說：「你再問一次試試看阿。」兔子告訴我他想要當一個服裝設計師，將來要用自己的毛做衣服給自己穿。我說，幹，你現在不就正穿著自己的毛嗎？他說：「我覺得你很平庸！」我把他烤熟了吃掉。

哈，開玩笑的啦。

是用燉的。

兔子哭了。因為我把他塞進壓力鍋裡，灌滿水，還假裝要轉開瓦斯爐。兔子質問我：「你為什麼要這樣對我，我們不是好朋友嗎？」「誰跟你是好朋友？」我隨手撕掉幾張字典的內頁讓他擦身體。他抖個不停。他說：「就是阿。我告訴你我的夢想了阿。」聽到這種蠢話讓我氣得要命，我索性裝睡，大字形地躺在桌上，用7的筆記本蓋住臉，我的腳似乎踢翻了一個正在割腕的人用來盛血的碗公，因為我聽見陶瓷迸碎的清響，一個人懊喪地說「哇靠」。我睡著惹（了）。不曉得過了多久，一個獨臂且看起來跟摔角選手一樣高壯的中年男子把我搖醒。他客氣地說：「不好意思吵醒您了。但是您打呼有些太大聲囉喲。」我坐起來，凶巴巴地吼：「有ㄇ（嗎）？」他從吊帶褲大口袋裡掏出手機：「我還有錄影呢，您看。」影片中，我就像臺水上摩托車般打呼著，胸口上還坐了兩個比基尼辣妹，其中一個在比ya，另一個露出抱怨的神色在塗防曬油。「很抱歉，那個不是我。」我右手擺出手刀的樣子阻隔在胸前，斷然否認。他靦腆地回應：「可是明明就是呀，您看，他穿的衣服跟您一樣呀。」「抓到了齁，」我說：「你剛剛用『他』，這就表示你自己根本上也不覺得那個是我，你太不誠實惹（了）！」「是這樣子嗎？我媽媽最討厭我不誠實了。」他看起來快哭了。我趁勝追擊：「更何況，」我轉頭看向兔子：「你問那隻長得像菸灰缸的兔子，你問他，光就衣服的角度來說，有沒有可能有個人穿跟我一模一樣的衣服躺在那邊？那隻兔子可是服裝設計師呢。是專業的。」男人也轉向兔子。兔子識相地回答：「當然有可能！他穿的可是便宜貨耶。光看那件九十九塊一件的黑色T恤就好，我可以直接了當跟你說，這個世界上至少就有一億件！不，少說也有五百億件！！」男人面如灰土，很明顯地是被五百億這個龐巨的數目字嚇壞了。我問他：「是不是這五百億個穿黑色T恤的人，你都要以為是我！」男子囁嚅地問道：「可……可是，這個世界上有這麼多人嗎？」我叫：「我說從以前到未來阿！」兔子也補充：「他的意思是說整個宇宙加起來阿！你知道宇宙很大嗎？宇宙很大！ㄟ大～～無～～限～～大～～。」兔子雙手張開來在半空中拚命地畫圓。中年男子哇哇大哭。我滿意極了，於是把腳翹到附近的裝滿書的手推車上，一邊抽菸一邊欣賞他哭的模樣。兔子也很開心。我們擊掌，我把菸分給他一根，他很珍惜似地抽著，一面小心不要讓菸灰沾到自己的毛。終於我看他哭看得膩了，就安慰他：「好啦，別哭了，我跟你說，你的吊帶褲很適合你喔。」他稍微止住眼淚，羞赧地問：「真的嗎？是我媽買給我的，我從五歲穿到現在。」「幹，」我問：「你五歲就長這麼高喔？」他想了想，說：「我五歲的時候比較高。我現在有點駝背。我媽一直叫我不要駝背。」「隨便啦。反正我是說真的，很適合你，不信的話你去問那個耳朵像狗舌頭的服裝設計師。」兔子的眼睛被煙霧薰得迷迷濛濛的，看起來彷彿李bb（李志）歌裡寫的鄭州冬天的霧氣。兔子說：「真的，很適合你而且很好看。我上次看到卡文克萊穿一件跟你很像的，可是沒有你穿得好看。」男子破涕為笑。

他笑起來是這樣子的：咯。咯咯。咭～～。咯咯。咭～～。咯咯咯。咯。咭咭～～。

我不知道。我不知道我該忍受他的哭還是他的笑對我的靈魂來說會好一些。我也不知道我該忍受到什麼時候。有時候我懷疑我的靈魂背著我偷偷承接了什麼我完全米

（沒）有意識到的狗屎任務。有一次我在威廉．詹姆斯的書（《宗教經驗之種種》）裡讀到這麼一段話：「當你在某件事物之前停頓下來，你就不再對全有開放你自己了。因為在到達全有之前，你必須先放棄全有。如果你應該得到全有，為了保有它，你必須渴望無所有。在剝奪中，靈魂找到它的寧謐與安息。它深深地根植於一無所有的中心……。」我建議所有的銀行放款員都來讀讀看。

喵～～～。

有隻小貓咪在喵喵叫。在哪裡呢？不告訴你。

有一天我蹲在圖書館門口一邊抽菸一邊看女高中生的大腿。後來我開始觀察陽光。那一天的陽光很多，至少有五公升。我去垃圾桶裡翻出了一個寶特瓶來，在裡頭汲滿陽光，帶回B1過刊室。兔子問我那是什麼？我回答：你國小老師的骨灰。我把陽光喝光了。結果那天下午我去大便的時候，發現整間廁所都明晃晃的，好美，即使通過了我的髒穢的腸子，通過了我的肛門，陽光終歸是陽光，它的潔好、明亮與溫暖，是我不可汙損的，也因此是與我無涉的吧。我發愣地看著陽光刺穿了我那坨醜臭的糞便，將它的光輝平等地灑在它所能企及的任何事物的上頭。我哭了。我知道此時此刻連我的淚水都必將如珍珠般燦亮。廁所外聚集惹（了）圍觀的群眾。當我擦好屁股出去時，他們圍著我歡呼，鼓譟，在我的脖子上掛上一只用他人使用過的衛生紙團所串成的花環，那些擦過大便的衛生紙團看起來宛若梔子花般令人感到了季候的豐饒。我紅了眼眶。他們說這是B1過刊室有屎以來最亮的一天。

我收到蛞蝓教授寄來的email。信很短，因為對蛞蝓而言打字是件非常勞苦的事情。你知道蛞蝓如何打字的嗎？大概是像這樣：1、它們先選定鍵盤上某個字符所對應的鍵帽；2、爬到該鍵帽上（假若先前使用過鍵盤的人是個會流手汗的人的話，那麼手汗所殘留下來的鹽分，就會讓這段爬行的路途充滿痛苦與灼燒）；3、停駐在該鍵帽上，弓起身體，如Ω；4、用力跳，藉著下墜的力量蹬沉鍵帽。蛞蝓教授的鍵盤上有許多交錯疊轉的銀白色的黏液痕跡，看起來彷彿雪地上的車轍。

那封信是這樣子的：「論文寫完惹米？夜讀惹內，一個句子令我想起惹你。《竊賊日記》，p.82：『如果你不是個孬種，就出來打一架。』(ง •̀_•́)ง」

我實在不知道該說什麼。

我往往一早就到那裡。到圖書館去。圖書館位在舊市區。我先經過一排黑黑的房子。然後在河堤旁打噴嚏。

為什麼要這樣？

什麼啦？

我會從A背到Z：ABCDEFGHIJKLMNOPQRSTUVWXYZ。

我去買蛋餅的時候，總有個女人會問我：要加醬嗎？第一天我跟她說「不用。」結果我覺得不好吃，因為沒有什麼味道；第二天我跟她說「要。」她又問我「要加醬油膏還是辣醬？」我回答：「醬油膏。」我覺得有加醬油膏的蛋餅比沒有加醬油膏的蛋餅好吃多了，但是也不能加太多就是了，不然會很鹹。他們把沒有加油條的燒餅稱作光餅。

有一天，在隱蔽而幽邃的書架間，我看到一個小男孩。我蹲下，手裡拿著一塊餅乾。我叫他：「嘿，小孩，嘿，小孩，過來吃餅乾。」

柚子有皮。

夏日很快地像吹破一個紅氣球般不見了，到處都有一些看起來很猥瑣的碎片，你的臉上也有，我的臉上也有。我們曾經多麼愛過這個夏天，它是個真正炎熱的夏天，在新聞中，我們每天每天都看見有人中暑而死去的消息，這個時候，依偎在我們懷裡的西瓜就顯得如許沉重，好像那顆全聯裡兩百三十七塊賣一個的大西瓜正代替著死去的人們被我們撫摸，被我們用鐵湯匙鏟出一個又一個凌亂的凹洞。「你見過死人嗎？」

她問我，我說：「當然有。」彷彿我深深畏懼著她會因為我未曾見過死人，而就鄙夷我，就認為我無知於生死的問題。我告訴她我看過的第一位死人是個溺死者，在我家前面的河我看見他，他穿著一條藍色的內褲。那第二位呢？她問。我掰不出來了。我想了一夜，那一夜我沒有睡著。她跟象都睡著了，但是我一個人孤獨地清醒著。冷氣機運作了徹夜。每當我感到冷氣機疲累了，我就偷偷鑽出與她相擁的一種箝抱的姿勢，而來到冷氣機身邊。我替冷氣機按摩，說些親暱的話給它聽。我告訴它你不要輕看了你自己，你其實是非常冷的，我曾經到過極地，見過那裡的冰山，見過橫亙長空的極光，我曾在喜瑪拉雅山脈的珠穆朗瑪峰上打呵欠，但你知道嗎？所有的所有，都比不上你的冷，畢竟它們的冷不過就是倚藉了地勢或緯度，唯有你的冷是發源於你內在隱而不顯的壓縮。我拿出它的遙控器教它數數兒，這是1，這是2，我告訴它你可以一直數下去，就算數到5000也沒有關係，犯不著擔心我們會熱死，因為我們的生命在你口中那神聖的無盡的數列中，根本就不值得一提。我告訴它除了冷之外，世界上還有很多有趣的東西，例如一直凝望著海時，人竟然會感覺到迷惑，例如看到狗搖尾巴，我會非常生氣。第二天她醒來時我告訴她第二位穿的是紅色的內褲。

有時候，會有一些人向我提出我礙難從命的要求，像是，某天當我一如往常地在

B1過刊室讀7的筆記本時，有個衣裝革履的傢伙跑來我身邊，對我說，我可以割下你的嘴唇嗎？我專門收集嘴唇。他手裡拿著一柄SDI牌的美工刀。可以是可以，我問他，那我以後要怎麼接吻呢？他很驚訝。他說：沒想到都什麼年代了還有人在幹這種落伍的事情。「你為什麼要哭呢？」一個女人一邊問我，一邊用原子筆把自己的乳房塗成黑色的。「你願意幫我嗎？」她仰起臉來，她的面容在這潮濕窒悶的空間中顯得像一座螢光藍的水鐘般寧謐。我把鉛筆盒裡所有的筆倒出來找了老半天，最後我抱歉地說：「對不起，我米（沒）有黑色的原子筆。」

「用藍筆可以嗎？或紅筆？」我問。她生氣了。她說：「我看起來像那種隨便的女人嗎？」

有個染髮的國中生要求：「借我錢。」我於是如我自己從來沒有擁有過的慈父般殷殷地勸誡他：你應當獨立地賺取生活的所需，像我在讀研究所時，就泊車，還有幫教授們打手槍賺錢。有時候我的手真的很痠了，但只要我一想到正是在這痠疼中我的人格日益地茁壯了，思及自己將日益地在這炎寒無定的人生中獲致了某種關乎於如何好好存活的奧祕，我便咬緊牙關繼續地打下去了。他說：蛤？那我幫你打手槍吧。我說：我早上打過了。我說：好吧。於是脫下了自己的褲子。結束之後我給他一百塊。

他說：也太少了。我說：那不然你先把你從我這裡扯掉的五根陰毛還來。他走後，我萬分痛楚地想著，我剛剛所表現的，像一個好父親了嗎？我是的吧，我是的吧。

洪水曾經把這裡全數地湮滅。那一天，就算是白晝也沒有光，所有的，所有的書，都爭先恐後地攀附到僅存著的少許的高處。即便連書也踐踏彼此。如果真有那麼一天，我要抱著7的筆記本，抱著刊有他小說的那幾本文學雜誌沉至圖書館最深的底處。那會是一段越來越安靜的路途，沒有錯的，我有這樣子的預感。我將遺忘他以及他寫過的任何東西，他的小說也將遺忘了曾在一段被凝注的時光中，宛如披覆了皮膚般地經驗過虛構的痛覺。水是如此的尖銳，萬有在水中解離。我想，這是不是就彷彿經驗將對小說說，你走吧；就彷彿痛覺也將對小說說，你走吧。於是我們如未曾書寫過般乾淨。

ㄅㄨㄌㄚㄅㄨㄌㄚㄅㄨㄌㄚㄅㄨㄌㄚ

什麼啦？

李志（逼哥）這樣唱：胖子沒有停止他的飛行，因為落下的時候會發出巨大的聲音。

我還記得研究所舉辦研討會的時候，我們（S、E、C，馬來跗猴跟我）都很期待於午后的茶點。雖然我們也很期待有人來告訴我們什摸（麼）系（是）「影像與現實的內爆」，什摸（麼）又系（是）「流動符徵」。你知道嗎？他們甚至煮了一桶奶茶耶。奶茶甜甜的，很好喝，我喝惹（了）兩杯。馬來跗猴喝惹（了）三杯，好誇張。我跟E在背地裡說馬來跗猴的壞話。我們說馬來跗猴一定有個外接式膀胱，容量有500G。E把馬來跗猴按在掌心，把他翻來翻去的。馬來跗猴抗議：「你幹嘛啦？」E說：「我在檢查你的USB孔藏在哪裡。」

校園裡有一排小葉欖仁樹，長長的斜坡上，都種著這樣的樹，當陽光的螺旋槳敲打到樹的葉子或樹的秀麗的枝椏時，便會稍微地傾晃，好像就要墜毀了似的。但是我們都知道，不會的，唉，我們為什麼總是對陽光這麼樣放心呢？遠方就是那一片南方的如夢般悠緩柔弱的平原，高壓電塔的三角錐結構體在平原上吹著泡泡水，你看那麼明亮的圓形，你看那麼明亮的橢圓形，在天空的肚臍下像個對於飢餓的忍耐般徘徊不去。鴿子在車頂上灑下了糞，那些VOLVO，那些Volkswagen。在最初的時刻中，糞曾經是液態的，是淡綠色的，是淺灰色的，多麼地美，宛如被風颳起的稻草人所飄零而落的眼淚。後來呢，糞就變硬了。後來呢，糞就變硬了。有一個黃昏，雲像孩子出門遠足前，母親替他注滿了果汁的水壺，我和S、E還有馬來跗猴一同經過那個長長的斜坡（馬來跗猴後腿搭著我的耳廓，雙手輕輕扶著我的肩頭），我們一路上說話了是嗎？我們一路上沉默了是嗎？S穿著橡膠拖鞋，揹著她的木劍，因為她是學校劍道社的成員。我們走向體育館，我們想去看S上社課，也想要玩桌球。研究所裡的老師從路的對面走過來。她問：「你們幾位要去陪公主練劍嗎？」又有一個夜晚，我和S在校園裡散步，S在馬路中間發現了一隻甲蟲，牠通身閃耀著晶透的黑色，體形比人的掌心要再小一些。S擔心車子會輾過牠，於是我們便試著要抓牠，想將牠放到附近的樹上。甲蟲的爪子緊緊勾住地面，抵抗著我們的指尖，她試了一下子，我也試著一下子，我們都無可奈何。後來，偶然地，我成功地捏起牠了。我記得那個捏起的瞬間地球的重力彷彿忽然減輕了一半似的。有時候，在B1過刊室中，我就會像這個樣子無端地回想起一些對我來說真的好美麗的記憶，然後我趕緊停下一切的思念，因為我不忍心記憶與我同處在這個地方。

有以下數種方法可以達到停止思念的效果：

1、燒掉你鄰座的人正在閱讀的書。

2、搖晃一罐可樂，在你隔壁的人的頭上將可樂打開，或直接噴在他臉上。

3、跟圖書館工讀生比腕力，跟他說如果他比輸了的話，就要把你的借書上限修改成五萬本，應還日期則改為西元74815445454213867861年。

4、脫掉襪子，把它揉成一團，浸到那個看起來像個退休教師的老先生的保溫杯裡。

5、叫那個正在割腕的人喝掉自己碗公裡的血。

6、警告那幾隻正在研讀《地下化都市規劃學報》的地鼠滾回洞裡，不然你就要拿出鐵槌惹（了）。

7、跟那個正在割腕的人比賽割腕，看誰先死，然後斥責他偷跑。

8、帶領大家合唱李志的〈他們〉。

9、偷走鄰座的人的東西，再誣陷另一個鄰座的人是小偷，當他們起爭執時，在他們身邊朗誦〈羅馬書〉：「不要以惡報惡，眾人以為美的事，要留心去做。若是能行，總要盡力與眾人和睦。親愛的弟兄，不要自己伸冤，寧可讓步，聽憑主怒。」

我不知道我為什麼會愛她或為什麼不會愛她，只是我永遠不會遺忘有一天我們出門旅行，留象在家看家。我們搭乘火車，恍惚地到了一個僻靜的山村。那裡我們誰也不認識，那時節村子中的氛圍彷彿正在迎受著一場收穫，於人們的臉容上，我們讀出來不願意輕言的歡悅，通過了和煦的笑或點頭，村人將那躁動不已的喜福疼疼地抑制著。在那樣一處被層層的山巒所環繞的聚落裡，日光有它的時間，雲霧也有它的時間，它們像同一座鐘裡的木鳥那樣子輪流探出屋樓報時，其中一隻啼叫了，另外一隻就蜷縮於暗處，細細地梳理羽毛或是沉沉地作夢。我們走入一間國小，在溜滑梯並排的滑道上躺下來，周遭什麼人都沒有，我們的身體是傾斜的，我們的身體的移動，在一個我永遠也不會遺忘的斜面上休止了下來。那個時候我想著，可以了。我想著，接下來我的人生中的日子還要有多少的憂傷或多少的疑慮都是沒有關係的，因為它們注定是跨不過，也攀不上這道斜面的了。我們在附近一座廢棄的隧道前吃便當，隧道內黑漆漆的，裡頭傳來嗚咽的風的哭聲，讓人不敢接近，更遑論說要沿著那段幾乎已經被碎石、沙土與蟲屍掩埋的鐵軌而穿到隧道的對面去。回程時她倚著我的肩膀睡眠。我們究竟經過了多少的地方了呢？我問自己這個世界上為什麼會有這麼多的地方，為什麼會有這麼多的城，這麼多的鎮，這麼多被浪疊滿的海，這麼多休耕的田野，這麼多樹木，這麼多像水一樣四處流散、無有定分的房子。她醒來，喃喃地說了一些語焉不詳的話，然後又睡去。有時候我握住她冰涼的手，她卻只在夢中察覺。

下雨了。火車淋著雨。像條毛巾似的，火車將同樣也淋著雨的鐵道抹乾。那是個夜晚。我問自己這個世界上為什麼會有這麼多的夜晚。

有一天，我枕著兔子，在B1過刊室中午睡。我夢見海。那是我與她一起去過的海邊，我一眼就認出來。我們赤裸著腳，在濕沙中行走，談笑，一如那一天。奇怪的是岸上的燈光都不見了，海因此僅剩下兩種顏色，黑色，以及比較淡的黑色。我所以知道是夢。我轉過身看她。我感到即使在夢中我們仍互愛著的這個事實是無比荒謬的。我大約是流了許許多多的淚，因為醒來後，我看見兔子渾身濕答答的。他委屈地說：你不要這樣子惡搞我的毛啦。他說：我以後還要帶著我的毛到米蘭去，到那裡成為一個最棒的服裝設計師，做衣服給自己穿。

我與她那一次的旅次在一座發亮的城市中告終，那便是我與她、與象一同生活的城市。我說：「我們打電話給象，告訴他我們到了吧。叫他先把馬鈴薯燉好，那麼等回家以後，我們就可以做馬鈴薯蛋沙拉吃惹（了）。」象的手機轉接到語音信箱。她說：「一定是象又把手機踩壞了。」象踩壞過我們無數的手機。我們轉開屋子的門，屋內正瀰漫著烹調食物的味道，有迷迭香，也有雞肉，兩條馬鈴薯在注了水，而水低低滾沸著的平底鍋裡跟象說話，它們說：把我的玫瑰浴鹽拿來。它們說：我的身體裡面都是霧。象嘴巴叼著菸，耳朵上別著朱槿，看到我們進門他開心地扔掉鍋鏟，跑到我們身邊。「你們回來了，」他問：「我有米（沒）有禮物？」我們把豆沙麻糬給他，還有一個大紅花布鑲邊的非洲手鼓。他在地上像小狗般打滾。她警告象：「你只能用鼻子打鼓，而且不能在我們睡覺的時候玩。」象抗議：「可是手鼓就是要用手打阿。」她說：「可是象就是要炸成象排飯阿。」我問象：「你的手機咧？幹嘛不開機？」象米（沒）有說話。最後我們在床邊找到了細細碎碎的手機殘骸。

有時候，雖然沒有下雨，但是我會穿雨鞋到圖書館去。因為B1過刊室裡到處都是痰。有時候，雖然沒有尿意，但是我會站在小便斗前面吸菸，東張西望的，並且罔顧在我背後排隊的老人。有一天當我正在讀著7的小說時，一隻青蛙跳到了我桌上。他說：「呱。」他說：「呱。」他說：「呱。」他說：「呱。」我說：「你夠了米（沒）有。」剎那間我憶起這是蛞蝓教授對我說過的話，於是我的雙眼彷彿就被他吸菸後的那種深紫色籠罩。蛞蝓教授曾告訴我：「我有肺的構造，我屬於有肺亞綱（Subclass Pulmonata）。」「蛤？」他說：「所以我可以吸菸啦呆子。」我是多麼深摯地愛著那樣子的因我自己的愚笨而四處受辱的時光，亦是多麼樣柔順地因他潮濕而滿布霉斑的研究室而感到了身身心心的安在。叔本華在書裡寫：「如果我們把生命比作一條需要不斷經過的道路——一條鋪滿熾熱煤屑的路，在這條路上，只有很少幾處涼爽的地方；

那麼，陷入迷惑妄想的人，對自己現在所處的或附近看到的幾處涼爽地方感到安慰，而且準備走完全程。但是，那看透個體化原理並認識物自體真正本質因而認識整體的人，便不再感到這種安慰；他發現自己同時處在不同的地方……。」對我來說，這段話幾乎要比骨科診所X光室裡的那位護士還要費解。青蛙伸出他的手，對我炫示道：「泥（你）看，窩（我）有蹼。」

總系（是）有個什摸（麼）青蛙可以說，蹼系（是）窩（我）滴（的）。窩（我），米（沒）有什摸（麼）東西系（是）窩（我）滴（的）。有一天窩（我）系（是）鼻（不）系（是）可以驕傲地這麼說。

《意志與表象的世界》中，英譯者Irwin Edman於序言內這樣子描述叔本華：「他的生活主要靠他父親商業機構的利息收入維持，他曾小遊義大利，可是，一生中的大部分時間都在他寄居的房間中度過，只有一條小狗為伴。」

那個把芭蕾舞鞋掛在耳朵上的女人在借書的櫃檯前產下了嬰孩。我們都不知道她在搞什麼。該死。嬰孩的啼哭嘹亮得震裂了我的心，我連忙把心挖出來，擤一些鼻涕試著把心黏回去，我的鼻涕不夠，我就叫兔子擤他的借我，兔子說幹我每天都吃胡蘿蔔才鼻（不）會感冒。後來是穿吊帶褲的男人打了一槍，用他的精液幫我把心黏牢。

我說：「謝啦老兄，差點就死惹（了）。」這一切都發生在三分鐘裡。嬰孩還在哇嘎地哭，女人則昏厥了。怎麼辦呢？大家都面面相覷，沒有人知道該怎麼辦。有人說，我們來替她取好美麗的名字好咪（嗎）？有人說，我們來替她排星座命盤，好咪（嗎）？我們何不一起來看一看她滴（的）水星落在哪兒？木星落在哪兒？海王星又落在哪兒？好咪（嗎）？我們來看一看她是合適於修習人間的律法，還是應該抱著豎琴，一輩子唱悲傷的歌，直至死去，好咪（嗎）？有人說我們該送她們去醫院。總算有個腦袋清醒的人。於是大家手忙腳亂地在背包、在鞋底、在帽子裡翻找手機。有人問叫救護車該打119、104抑或是110？這個時候，那幾隻老是聚在一起讀《地下化都市規劃學報》的地鼠開口說話惹（了）。他們說，讓我們送她們到醫院去吧，我們知道醫院在哪裡，走地底下的話不會塞車，我們的腳程又快。就這樣子，A地鼠剪斷嬰孩的臍帶，用圍巾裹著嬰孩，將她偎在胸口，B地鼠揹起意識不清的母親，C地鼠則頭戴附有LED燈的礦工帽，為他們領路。一行鼠與人鑽入地洞。阿，地洞原來就在這麼樣子顯眼之處，我們大家卻從來沒有發現。他們消失了許久以後，還是聽得見嬰孩的啼哭，我的心斷斷續續地隨著嬰孩哭聲的迂迴與明滅而抽痛。哭聲遠了，更遠了，現在感覺上恍若是源自不可觸擾的地核，彷彿於所有的生命之先，於這圖書館，這過刊室之先，哭聲就已經在那邊了似的。那時候，我撫摸著7的筆記本。那三本米灰色的橫線筆記本被我翻得破破爛爛的，它們的紙質飽吸了這裡的煙塵與水氣。我從未如此刻這般懷著親愛的心緒撫摸過它們。我好像是想要告訴它們，你們就要有個妹妹了呀，她是個真正美好的嬰孩呀，同你們一個樣。

全數7的筆記本中，有一篇是我反覆閱讀再三的。那是某個日子的簡單的記帳。他有時候就會這樣子，會於故事的斷片，他人作品的隻字片言的抄寫以及曖昧難解的哲學思想中，穿插進他每日花費的紀錄。他之所以會這樣子做，我們都可以理解的，是因為他的貧窮。那天是六月十七號，星期一，他寫道：「早餐27，咖啡加巧克力46，芭樂32。Total：105」他用一個圓圈圈起105這三個數字，好像是要束住它們，不許它們再長大了。我時常莞爾地想著，你的午餐呢老兄？你的晚餐呢？你是不是忘了什麼？然後我就會很清晰，且帶著巨大的哀疼地回憶起我們一同經驗過的那一段時常是飢餓著的歲月，我們如何分食，如何作夢，如何感到流淚比進食還要清潔。我甚至感覺他的飢餓將比他的靈魂（如若他真的可憐到擁有這種無聊的東西的話）更令我懷念。7在小說中寫過貧窮「是人無能履行人的責任」。有的時候我真想問問他，你是在寫三小？

某一天，馬來跗猴來找我。他瘦了，瘦得像隻猴子。我帶他去咖啡館，點冰淇淋鬆餅給他吃。那是個九月的晴日，光線如b哥（李志）唱的：你像我見過的那個少年。我吸著菸，偶爾喝幾口咖啡。他問我：你知道我讀過最感人的文學作品是什摸（麼）嗎？我搖搖頭。以往，我總是只聽他羅列著種種他將放入論文中的美好感觸與事物，卻從來也不曉得究竟是哪一個文學作品或哪一位作家曾經確鑿地打動過他，並在他心中植下了如奉獻般的專注的心念。他拿起一根沾了奶油的脆笛酥搔了搔自己的背，然後說：「我已經忘記原文了，也不知道作者是誰。我是在一台脫水機上面讀到的。那時候我還好小好小呀。」「喔，」我回應：「你現在很大嗎？矮子。」「哎喲，反正，」馬來跗猴喀滋喀滋地啃掉了脆笛酥，一邊啃，一邊說著：「那是張警告標語，大意是說，機器運作時請勿將手伸入以免發生危險；為了安全起見，請不要讓孩童在機器內或機器旁玩耍，之類的。」馬來跗猴嘆了口氣，接著說：「好溫柔，你不覺得嗎？文學就是這麼樣溫柔的東西。」我沒有答話，僅是望向窗外搖曳的綠樹。我想著，人們能夠從同一個詞語所獲得的賜贈，原是有著何等疏闊的差異；乃至於有些時候差異與差異之間彷彿全然地不可交通，甚至顯出了看似極端相反的面貌。馬來跗猴問我：「我可以論文寫這個嗎？」「啥？」「那個警語阿。」我聳聳肩：「為什麼不行？」「因為米（沒）有原文也米（沒）有作者呀，要是教授靠杯怎摸（麼）辦？」我忽然生氣了。我告訴他，如果他們靠杯，我就去恐嚇他們。我告訴他：「我與一頭兇凶猛的象十分友好，他曾經踩死過五百個人。」

我從背包中抽出7的筆記本，翻到記帳的那一頁給馬來跗猴看。「六月十七號，星期一。早餐27，咖啡加巧克力46，芭樂32。Total：105」馬來跗猴每個字每個字地讀了好久，問：「這啥摸（麼）？」「不知道。」我回答。「是誰寫的？」「不知道。」他將琥珀色的大眼睛與圓圓的黑鼻子湊近紙頁，然後打了個噴嚏。「好重的霉味。」他說。「因為曾經埋在地底。」「這是出土文獻嗎？」「不知道。」「是文學作品嗎？」「不知道。」後來，馬來跗猴或許自我的表情中讀出了什麼端倪，他沉默了很長的一段時間，彷彿在深思，並醞釀著一個至關重大的決定。他攀至我的肩頭，爬到我的脖子上。他拉了拉我的耳垂，像我的耳垂是個沖水馬桶的拉繩那樣。他遙遙指著桌上的筆記本裡那一個日子的記錄，很慎重地對我說：「我要把它放進我的論文裡。」

我說：「哈！」

李志唱：讓我再看你一眼，星空和黑夜。他後來說他不再唱這首歌。咖啡館如一只石磨那樣子鈍重地旋轉，而碾軋過那些裝逼的杯盤，那些裝逼的爵士樂，以及我裝逼的手。我的手整個扁掉了。我對馬來跗猴說，你看，「泥（你）看，窩（我）有蹼。」我脫去我的鞋子，問他要鼻（不）要聞聞抗（看）。他說：「誰要阿？」「不臭的，」我像個文學般溫柔地說：「出門前，我有噴去味大師：鞋內銀消臭。」「我們去找個蒜頭田快快樂樂地吃大蒜吧。」「好哇，」馬來跗猴問：「哪裡有？」「到處都有，」我說：「到處。」咖啡館如一座十三段變速的旋轉木馬那樣子瘋狂地旋轉。起身離開前我有些想吐。我想起小時候每一次暈車的旅程。我把剛剛吃下的東西都吐進一個塑膠袋裡，然後整趟旅程我都緊緊捏著那個塑膠袋。想及童年的自己對那一只塑膠袋的護愛，我便感到身上疼痛，心中悲哀。

Chen Yun Zhi

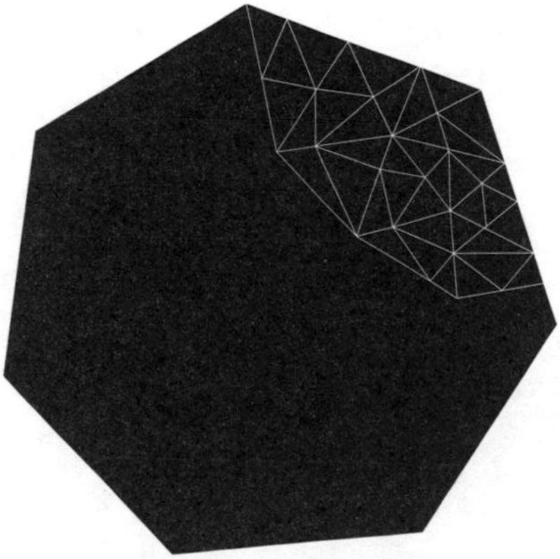

我僅是一卑劣、無德性的書寫者，透過書寫，我傷損我所描摹表達的對象（為了抑制這樣底傷損，我曾花費多少心力在學習並借取他人的文學作品之中看似較溫柔的敘述、聲音與意象），而等樣的，我底描摹及表達亦傷損了我之人性深處對於靈魂的愛。

（我對穿著黑袍的你們，還有死去的你們，萬分感激你們的引導與守護；但問題還是存在。差異並未解決……但我永遠聽到海浪陰鬱的重擊；被鎖住的野獸在海灘上頓足。頓足又頓足。）註

這樣子說吧。我在某個冬日的午後，搭上了通往海邊的公車。

我穿著一條牛仔褲（膝蓋處有些不明顯的破口），綠色格子襯衫，以及帆布鞋，另外搭配一件厚重的外套。那件外套（黑色立領，可拆式的，也就是說，可以將內裡的棉襯卸下而使之成為一件輕盈的防風外套。但或許，因為我懶惰，所以我很少拆它。也可能是，那個冬日著實過度地冷鬱了，因之我纔穿著沒有拆下內裡的它（完整的，沉重的，彷彿駝負著一具錨），穿著它搭上了通往海邊的公車。）是我的父親贈與予我的。

我的父親，他極少贈與我什麼，如同我一樣，我亦極少極少贈與他什麼，除了一

註　出自《海浪》，Virginia Woolf。

條圍巾。當時我見他冷，便解下了我自己的，將之遞給了他。

起了決心去海邊的那日，下午在研究所裡有一堂課，是什麼課呢？一時想不起來了。是寒流來的日子，我獨坐在客廳中（我底母親她去上班了）啜吸一杯以茶包泡就的綠茶，唇角感覺到疼痛，因我喝得太急，水的熱（渦漩般轉出的熱氣，宛如一朵優雅的蓓蕾）燙著了我。我挖出牛仔褲（除卻膝蓋處的破口外，兩條褲管的下緣亦傷損了，猶以左腳為甚）口袋中的手機，隨機地，撥打電話給某個人。響了約莫有四聲或者是五聲那麼樣久的時間過去了之後，一聽似男性的聲音回答了我。

他說：「喂？」

我亦答之：「喂？」

他問：「請問您是哪位？」

漠視了他的問題，我直捷地，毫無遮掩與矯飾地向他說：「我痛。」

他乃沉默了。

在沉默中，我傾聽著落地窗的玻璃被風喀碰著。由窗外透入的光線的弧度，像一柄即將要用罄的牙膏那樣子彎曲。

他說：「沒關係的，我們都痛。」

多疑的我再次地追問：「真的嗎？」

他回答：「真的。不信的話你去問 Chen Yun Zhi。」便掛上了電話。

在我的生活裡頭，我並不識得一位喚作 Chen Yun Zhi 的人。那也許是陳允志、陳央驥、沈陽智……。有過多的可能。然而，即使是我將這種種可能之選項全數地羅列出來，並一一在腦中與我幼年至今猶仍記得名字的人進行了對比，仍舊無以覓出 Chen Yun Zhi 與我之生命歷程的交集。也許那僅是方才與我通電話的那陌生人的惡戲。也許，僅為了要擺脫我（或是說我的追問罷。）他任意捏造了一個不存在者的名姓。（就如同：為了要逃避所上的集會「攀登射日塔暨詩作朗誦」活動，我捏造了一位病危的長輩（在台中榮總，而我與父親將前往探視不存在的他。））

（我要說的是：即使那位長輩並不存在，然則，我心中的哀傷（非對於長輩病危的哀傷，而是：「與父親一同前往且見證某人的瀕死」這件事情）是確確實實地打長久以來便烙刻在我心上。而，將此邏輯套諸 Chen Yun Zhi 一事，或亦稍可說明我的掛記：無論 Chen Yun Zhi 存在與否，我都不得不因為他之於我的意義而去尋找他。）

「沒關係的，我們都痛。」電話那頭那陌生人如是說，他又說，如若是我不信，我可以去問 Chen Yun Zhi。在那淒冷（風由窗縫滲入，所塑造出來的氛圍不是一種空氣的流動感，而是手掌捏住心臟或肺葉的蠻力）的午後，我本已立定了目標，將要搭乘公車前去海邊，但在與那陌生人談完了話後，我又有了動搖與踟躕，有了新的所欲之事，例如，我對自己這樣說：我可以不去海邊，而花費整個的下午及夜晚，在網際網路上搜尋 **Chen Yun Zhi** 的相關訊息。或許一個下午與一個夜晚是不足夠的，那麼我應當蹺更多課（事實上，我已然蹺掉了過多的課），荒棄更多人生的規劃（結婚、生子、照看我底母親與父親）而專心致志地押上我整個的生命的空閒時光，來走上一條指向 **Chen Yun Zhi** 的道路。

海。

在我底印象中，出生於南投的我，整個底童年，只去過那麼一次海邊。是與我的外公（或許還有外婆，或其他親戚，然而他們並未留存在我底記憶之中。）同往的。外公（他有一顆很圓的頭顱）是駕駛著他的貨車（用於在彰化各鄉鎮間流販蔬果）帶我去的。座艙內，有一箇免洗杯，裡頭盛裝嚼餘檳榔之後所剩的渣液，是暗暗的紅色，散發出辛辣的氣味，乾燥的氣味，令我聯想起電視劇中落拓江湖的盜匪或英雄所權且窩棲一宿的麥桿堆。

那或許是個晴天，但我記不得該日的光影（這於我的記憶型態來說是少見的，因我通常是先記住了一個地方與一個時刻中的光線，接著纔及於他物）。海水裡，浸泡著穿各色泳衣之人，當他們沒入水中，我只能看見他們部分的身體，如肩膀與半張臉，一條胳臂，或是一雙踢蹬著的腿。而那些顯現出來的部分，多是變動不居的。

泡在水裡。岸緣的海水是溫的。我舒服，昏倦，喜悅得彷若一隻幼犬。外公，他在我的身邊，離我僅數公尺遙。我看見水面上漂浮的垃圾，如飲料鋁箔包，香菸紙盒與冰棒的包裝封套。出於小學課堂所教育（或灌輸）於我之公德心概念，我乃撈起這些垃圾（直到小手無法再捧納了為止）進而向我底外公邀功：阿公，你看，我撿了這些。

外公底臉笸啷地塌了（抑或如裂紋之無可挽救地遍及了整枚的水煮蛋）。他質問：你幹什麼的，去拾取這些個別人不要的拉機？

我滿懷垃圾，在一個信愛的親人面前，感到無處可去。

那之後，我乃長大成人，且又前往了更多的海邊。我與A到過花蓮的石梯坪，在一條鋪滿了隕石碎塊與飛魚翅膀的荒寂公路上無止盡地走著，耳朵中灌滿了海的潮音，而我們所預約的民宿，並不知道是在哪個方位、哪片樹叢的背後。我與W到過梧棲漁港附近的沙灘，沙灘被鐵籬封鎖起來，籬之某處，有道可以讓人穿行的隱密缺口，我與W到達那兒時，正好看見一個家庭，爸爸，媽媽，或許還有兩個孩子，越過了缺口而消失。在東吳讀大學時，我亦曾獨自搭乘復興號，自臺北火車站出發，在東北角的某小站下車，出站（站務人員並未收取我的車票，他坐在一高腳凳上頭，面孔仰天地寐去了，他底圓盤帽，被他的那只指節碩實的右手手掌壓制於腹腔或大腿胯間，宛如一個已然悶斃的、渾身瘀紫的嬰孩。）而沿濱海的柏油路走。

那個時候的日光，是如旋入了樹身的長螺絲釘，靜默地逼近內核。我彷彿經過了棗園，水門，雜貨店。聚落的邊陲。叉腿而坐的女子，在一排必須要彎腰纔能夠進入的矮屋前或者是喫菸，或者是滌洗衣物。我看見泡泡在激烈的搓洗下，低低地飛出鋼盆。皸裂的腳，以及一側被磨損得較為嚴重的塑膠拖鞋。消波塊上，面海操使遙控飛機的中年男子對我說：「少年仔，汝要去哪裡？再是望前方走的話，已經是沒有了路了。」

（「請止於此處。」他予我這麼樣底建議。）

沒有了路，是一片地。地上有尖石。再踩過那片散布了尖石的土地之後，我停駐在一荒棄隧道的進口前。隧道外有幾株隔鐵軌兩兩相對的山櫻，挑選了一棵樹，我坐下來凝注那段隧道的漆黑，以及隧道彼端的那片宛如鏡子的光亮。

我步入隧道（鋼索般的涼沁）而又步出，發覺自己置身於蒼蠅漫天的雜木林中，在我底眼前，有一具山羊的屍體，一位衣不蔽體的男子跛跪於羊屍旁，對我說：「我底羊死了。」他指給我看，羊的頸間，有一道深深的剖面，剖面的縱深之中，點點滴滴的蟲卵與幼蛆，彷彿星群般極悠緩地挪移。羊的血漫淋在褐色的乾土（血也是乾了許久的了）上，亦及於那男子的雙膝、他的顫抖的掌。我問：「是否是有人殺死了牠？」他答：「是的，是我。」

密集的蒼蠅團塊之流動，宛如綢緞似地，照映著林子裡透過葉隙滴溶下來的日光，有紫色的日光，也有青色的日光。已聽不見一路以來，那未曾間斷過的海潮聲，除了蒼蠅的嗡鬧及羊屍臭外，四下顯得寧謐、神聖、安勻，竟使得當時的我（二十一歲，於東吳大學學習哲學的那個我）短暫地感到：或許，過一份不再哀傷的生活是可能且可行的；或許我將能拋卻那種日夜構念自殺之景況以鎮壓內心劇痛的生活方式（更類似於運作我這個人的軸），而代換以他種軸。

我點燃一管香菸。男子整個地趴臥於地，將他底頭半埋入羊的乳間。那是隻毛色純黑的山羊，在吾人之想像中，那羊活著的時候，或許僅像是哪頭羊的影子，如今死了，反倒有羊樣。香菸是美味的，是紅色的Marlboro。我且從背包中取出了罐裝底咖啡，一邊抽著香菸，一邊飲用之，十足的愜意。聆聽著男子突如其來，便也就無可無不可地持續了下去的啼泣。

我打了呵欠，濕漉的睡意蜷窩於我底心口，如一塊甫蒸就的甜糕，一內裡有中產階級家庭（於我的價值排序中，噁心程度占前三名之世間事物者之一：中產階級家庭）取餐舀湯的暖色系窗景。「你何以殺牠？」我問那男子。他翻身向我，從短褲（如同髒污的破布，像是高中剛畢業而又未入大學研讀的時期，我在加油站打工時所見之抹拭油槍的布條）之隙中捧示出他底陰莖，厭厭地（我不願意說他是哀傷的）訴道：「因那羊拒斥著與我做愛。」（當時，他所用的字眼是「幹」這一動詞，然則，為了文學性審美考量之故，對於他底說話，我進行了大幅度地更易與剪裁。）

細矚他的陰莖，那如一尾沾濡了晨露的白蛇，令我感到愛憐。確實是的，他底陰莖，與他之短褲（即便是自褲頭綻露出來的鬆緊帶亦是灰穢的）及他底黑皮膚相較，乃顯得多麼地白淨而無害，彷彿是懸掛於嬰兒床上之鈴鐺童玩（在幼者的揨搏中，泛起一陣不成調的、細碎的樂音。）（幻覺：關乎自由。）

「羊。羊牠一直地奔跑。牠逃。直到那邊的山。我亦跟著牠跑，直到那邊的山。」

他引頸遙望著林子的盡處（那些樹木之葉（葉的身體）因日光而透亮得猶如謊言）他說的山。

山是何其矜重地矗在他底面孔所仰視的那個方位。他乃開始描述起山中的嵐霧與煙氣，鬼魅與妖精。（「最後，我在一處澗谷中發見了精疲力竭了的我的羊，正在嚼吮著野薑花底根莖。我扛牠，我且揹我底羊下山。山裡的鬼都是水，一漥一漥。我睹見泉水在木梢捕食落單的猿猴，我聽見幼猿此起彼落的哭聲，在寒索的大氣中盤曲拗扭，像是孑孓。孑孓，你知道嗎？」）

「乃蚊子之幼蟲。」吾答之：「其口器周圍有四組細刷，又名口刷，可迅敏地來回運動，以濾食流水中之浮游生物，另，孑孓尾端附生一細管，稱呼吸管，管之頂端有五裂瓣，展開時宛若星芒。當孑孓入水，裂瓣旋即閉合以防溺；裂瓣張，則孑孓便可掛附於水之表面，靜止地在水中垂懸。」

「是的。」他續又說：「對於孑孓，你知道得很詳盡。」

「上網查的。」我坦承。

「孑孓很美。」他氣弱地敘述：「是過度地美了。」

闔著底他底眼目。浸入冥思底他的臉。

而又許多的年經過了之後，我已自東吳退學，返回臺中（高中時，我便搬離了我底故鄉南投而遷居臺中市，最早是暫居於我底阿姨所租賃的繼光街附近的公寓（那公寓的對面原是一排鳳凰木及日據時期的老屋，今已全遭鏟除，置換為停車場），再來乃遷轉至廣三SOGO周邊的一處低矮樓厝，後又搬到文心南三路，到美德街，到現在的大墩路中港路口。）且於東海大學的進修部讀書（中國文學系），彼時，我在一名喚默契咖啡（match café）的店打工。有那麼一日（二〇〇八年七月十八日），卡玫基颱風過境臺灣，店內淹水。

我剛巧在店內，便幫著掃水（室外，及一樓的水是濁的），堆疊沙包。那個時候的默契咖啡與東海書苑是在同個營業空間中，因此，書苑老闆廖英良災後亦於網站上寫下這樣的一段記事〈大家好！我們淹大水了〉：「大水淹入室內足足有四、五十公分高（別忘了，書苑可是有墊高的），地下室宣告沒頂，一樓書架最下層也全部淪陷。嘉殷前一天辛辛苦苦地從架上整理下一批退書，剛好赴死。奚浩把《波赫士全集》、《龍瑛宗全集》、《賴和全集》、普魯斯特的《追憶逝水年華》，還有一大套的朱天文文集擺放在地下室的樓梯間，於是也全部罹難。」

水漫地下室的那一幕，我記得的是（經我竄改編造後的記憶）：地下室的水是青色的。那該是我作夢也不曾夢想過的青色（也許那樣子的青色總是自覺地迴避我的夢），水面之上或下，河北教育出版社所印行的《卡夫卡全集》，零零落落（卻又顯得無比親暱）地睡眠（被夢接引至我無由明白的他方）著。它們的睡姿，刺、進而割痛（時間中的行進）了我。恍若即是在那個如布列松所言的決定性瞬間，我意識到：一直以來，我所求索的（但那是何等盲目的求索）理想的讀者與著作之關係，理想的人與人之關係，並非廣義上而言的生者（包含我在內）所能夠想像與勝受的。

最令我哀傷的是：不能想像。

殺羊的男子闔著他底眼目。浸入冥思底他的臉（蒼蠅於他的無光的、煤炭似底鼻尖上搓搓手，搓搓腳，如一畏寒者。）使得當時的我，感覺著孤絕、無助，不能想像。

「我不忍心就這個樣子地脊我底羊。（牠在我底肩上，牠底肛門的氣味，一次復又一次地衝襲我）因牠很累，很疲累了。在我之觀念中，一個很疲累的人（一頭很疲累的羊亦是如此）他不應當被幹，他應當好好地休息，他應當得著休息，一個很疲累的人（或羊，或任何底生物）他應當得著休息，他不應當被幹，被驚擾，他應當（正如誰也不被允許在上帝造物後的第七日幹上帝）得著休息、睡眠、安歇（在一個沒有世界的地方）。」

「不，我並沒有殺我底羊。牠，這羊，喜愛觀測星象與下五子棋。我們用樹籽下（牠喫牠底棋），用與牠同樣底黑而美麗的鵝卵石下。我帶牠去一處，我底慾望找不到牠的地方（水面之上或下）。」他說：「我帶牠去一處我底慾望找不到牠的地方。」

幾乎已成習慣的是，我通常會在頭幾次與我底女友（歷任的不同女友）做愛時（或做愛後），聊起了我於東北角之濱海山麓間偶然接遇的這名殺羊的男人。不約而同的，她們皆對他底行為感到困惑。

惑於不同底面向。

如E（我們在霧峰鄉間的一汽車旅館內，在一寒夜，街道上瀰漾著如碑文般的輕霧）之說：「人無論如何不應與獸類交合。」「何故？」「因人非獸，獸亦非人。」「妳底意思是說，」我問她：「唯有同類間是能夠做愛的？」她說（她的聲音隱入了吹風機熱氣之轟隆中，以至於我必須豎耳聽其說話）：「動物只交配。牠們做不做愛，我不確定。牠們有沒有愛之思想、概念乃迄行止，我亦是不確定的。」

再如H（我們在她底學生宿舍中。空氣裡有我們方食畢的魷魚羹麵的味道（混合著她置於衣櫃內底淡柑橘芳香精）。那該是三月雨季裡的其中一個日子。）陳述：「我認為他應當幹他底羊。」「為什麼？」答：「因做愛乃是最佳的休憩方式。（「因你說，他說，那是隻疲累的羊。」）」她說：「如我叫床時之忘情、忘我，常使得我感到了，自己之為人這事，所憑倚的無非是些單薄的，禁不起追探的東西。」（「深深地，」H曾說：「我渴望深深地睡去。」）

又若S氣憤難平地指摘那殺羊之人：「他該對付的實是他自己底慾望。如若我是你而遇見了他，那麼我便伐去他底老二，也算是為羊復了個仇。」（對於動詞的思付：伐，切除、割、砍、剪、刈，等等。參考《老殘遊記》第十回〈驪龍雙珠光照琴瑟・犀牛一角聲叶箜篌〉：「子平道：『你聽，外面唔唔價叫的，不是虎嗎？』璵姑說：『這是狼嗥，虎哪有這們多呢？虎的聲音長，狼的聲音短，所以虎名為「嘯」，狼名為「嗥」』。古人下字眼都是有斟酌的。』」）

（再對照第八回〈桃花山月下遇虎・柏樹峪雪中訪賢〉之描寫申子平一行人聞虎嘯：「這時候，山裡本來無風，卻聽得樹梢上呼呼地響，樹上殘葉漱漱地落，地面上冷氣稜稜地割。這幾個人早已嚇得魂飛魄散了。」）

我未對我底女友說及的乃是（我躲在省略底下。此處之省略彷彿具有神的位格：我的表露絲毫無法企近省略半分，而我底表露（乃至於訴說），其意義僅在抑克我之卑微與無能）：羊的屍臭是如何地刮剔著我底胃壁。我吐出一些飛沫（即使我極力地忍耐），以咳嗽的形式（連續地咳了幾聲，於是乎，我成功地將嘔吐（疆界的潰決）轉化為：有禮的，文明的）。

我亦未對她們談到接下來的事：我握住那名男子的陰莖。起初，他驚恐地矍視我底臉（他怕著什麼？是否以為我將如S所發議的那樣「伐去他底老二，也算是為羊復了個仇」）。（為死者復仇，意指：凝煉並收束生命，使之等同於想像力（想像死者之受辱、憤怒或未竟之遺恨；想像死亡使死亡得到滿足；想像「魂飛魄散」）），我之虎口（及掌緣）感覺著其陰毛的勃豎；我的手指冷靜地（如我在John Berger與Jean Mohr合著的《另一種影像敘事》中所見到的那名之伐木工臉部特寫（對我而言那是：無掙扎亦無驕矜地任自身所承受之萬事萬物顯影出自身，的，一張臉。））圈，裹著他底那時那刻瑟縮得如一肉丸般的陰莖。

慢慢地，時間過去（我不知道催促時間之溢出一個靜定的畫面（或：表格。如我時常幻想的寫作之表格）的，究竟是我的抑或他的愛慾）。他的陰莖乃跳躍（那種跳躍的動態感，將會永恆地感動我）著鼓漲。

我從未對我底女友（未對任何人類）敘述我底惘惻：我看見我與他（那殺羊之人，那被羊之肛門的氣味「一次復又一次地衝襲」者）是佇在同樣底命運底下。如同他僅有「幹」這一字眼來去（向誰？向一偶遇的陌路人？）訴說他底愛慾，那麼我亦是如此，我僅有「死」這個字眼，來向（向誰？向靈魂？向概念之擴延遠比我更為遼闊無垠的承受者？）訴說，並且（注定失敗地）回應：哀傷。

當我睹見那名殺羊者（他的身旁，羊底屍體滿布蟲蛆，緘默地在骨與凝結的血塊間穿行）時，我並未憎恨他（以暴力，以刀）加諸於羊底身上的不義。我思及的乃是，當他終究（只能夠）以著「幹」與他底白弱的陰莖來面對愛慾（那豈是個人類有能與之相對的對象？），此間的不義更大。

呼應著他底陰莖的跳躍，我底手動著。最後，跳躍亦寂靜了，像是有一個沒有雲的晴天，高高遠遠的一個天，把所有的光亮都鎖在事物的背面，因之反倒令人感到優柔的黑影。黃昏在另一邊的山的稜線上嬉遊，小小的身軀是麥子的顏色；黃昏的足踝是隱密的蟲鳴，心臟是月橘樹的羽葉。我伏下身，雙唇吸附著他龜頭底前端，舌頭掩住他的馬眼（男性尿道之出口；掩住眼：如拆禮物的前一刻（為了驚喜）；如捉迷藏遊戲中的鬼），再以舌面（曲翻）吮牴頭冠，直至他發出哀嘆的聲音，我便更深地吸入（口中形成一彷若真空般的腔室），箍（一種不由自主的節奏支配著：箍與馳放之間）住（以唇、舌及口腔壁）他底陰莖，而又吐出，如此地往復。

（我最最鍾愛的一篇教導如何口交的文章（流傳於網路上）〈為另一半口交技術完全手冊〉載述著：「什麼是『深喉嚨』？深喉嚨是種讓陰莖深入喉嚨的動作。事實上，這種特殊的性嘗試是相當高難度的。進行口交最好的方法仍然是利用雙唇和舌頭，儘量在不會產生嘔吐感的範圍內將陰莖吞含在口中。不過對那些想知道深喉嚨是怎麼回事的人來說，最基本的還是練習。在不至於會窒息的情況下盡量讓陰莖深入口中，然後閉上雙眼集中注意力，一寸一分地吞進去，一邊告訴自己你不會因而窒息（你可以隨時讓它離開口中），然後慢慢的將它吞下。再慢慢的將它退出口中。切記，動作一定要慢。」）

我愛其充滿詩意的文字；其宛若師傅般的叮囑（及憂慮）口吻，真切地觸動了我（那之中有著一份甚至是，我無論在任何底文學作品中都未曾領受過的，慈愛。）師傅說：「最基本的還是練習。」練習即實踐，即親身涉入一迥異於日常生活質地的特殊活動中，並經由如斯底特殊活動而（無有屏蔽地；可以說，練習中的技藝成分僅是為要更好地除去障蔽）傾訴，祈禱，作夢，被話語侵擄。

師傅又說：「在不至於會窒息的情況下儘量讓陰莖深入口中，然後閉上雙眼集中注意力……」窒息乃死，本段對我而言意謂：在（或許）不會死的情況下，你仍盡量求取一藝術所能企及的，最瀕臨極限的含納與承受。閉上雙眼是：在冥暗中默候未知物事的前來，你惑於將愛上所候之物抑是將受其凌辱而犧牲（無聲無息）。集中注意力乃指忍受絕望：你所謹候、所凝盼者未曾因你集中了注意力顯得更為明晰甚至現形。最後，你獲致的是絕望的可觸知性而再非其他。

「一邊告訴自己你不會因而窒息（你可以隨時讓它離開口中），然後慢慢的將它吞下。再慢慢的將它退出口中。」

我不知道如何去述說上面這個句子的美，它的溫柔；這個句子令我熱淚盈眶，勾得我想起一件並不久遠的往事。

是室內禁菸法令剛實施的二〇〇九年。我於臺中市再也找不著一間可以一邊書寫一邊喫菸的咖啡店。我很困擾，便將此事同我底好友C抱怨，彼時在精明七街經營義法料理餐館的C遂對我說：「你就來我們二樓的員工休息室寫啊，反正那裡平常也沒人。」於是大約又過了幾天，我乃肩著筆電到他底店去，在那裡度過了一個多月的寫作底時日。

那是間採光良好的玻璃屋子，店外有水池、草坪、棕櫚樹，及木頭地板上兩張我們時常會聚在那兒抽菸聊天的圓桌（而桌邊每只椅子的靠背都有著或大或小的裂痕）。每天（約中午過後，吃過了午飯）我到店裡，先進吧檯煮兩杯冰美式咖啡，再倒一壺水，便擎著水杯與壺，上到二樓他們底員工休息室，開始了一天的工作。

休息室有兩扇門，一扇開往二樓用餐區，另一扇則通向陽臺。休息室內有一張長桌（我即是在這張長桌上寫），一單門三層冰櫃（裡頭裝有可果美100%番茄汁數罐、Erdiger 啤酒與Boddingtons pub ale 數罐、蔓越莓汁數盒、雪碧、可口可樂、Corona、臺啤各數罐）、一白鐵五層櫃（上面放有漫畫《monster》、《二十世紀少年》、《火鳳燎原》；書籍《信任》、《世界葡萄酒地圖》、《名酒集事典》、《我在北歐玩設計》；雜誌《天下》、《Vintage Luxe》；一台DVD播放器與幾疊空白燒錄片；白襯衫、黑長褲與一柄jumbo torch 警棍式手電筒）、一塊「小心地滑」黃色立牌、掃把、拖把、衣架（架上有：領帶、白襯衫、皮帶、毛巾、帽子）、一只小圓桌（上面是「金嘎嘎無煙鹽酸」、「寶島牌環保清潔袋」、「行家PVA鹿皮巾」、梳子及髮膠數罐）、一群麇集於衣架下方的鞋子（共計有十一雙）以及幾落靠牆疊放的紙箱。還有垃圾筒、椅子與一只大塑膠槌（敲下去會有鳥叫的聲音，是我愛極了的玩具）。

我被這些物件包圍著，感覺到安全與宛若棲身於樹洞中底謐靜。有時候，餐館裡的員工會進來取手機、拿拖把或是放置衣物，我便不好意思地（我占據了他們底空間）與之點頭招呼，然後再將身子埋入我正寫著的小說中。有時候C上來，我同他喫菸，談話，看著他換上襯衫，出門去招呼客人。有時候我寫至黃昏與夜的交界時刻，幾乎要無法辨識鍵盤上頭的符文，卻又捨不得離開座位去將燈切亮，因為覺得，這一切（包含如膜般薄而柔韌的酒色光暈，包含寫作時所經受到的那種將我輕輕舉起又輕輕望前推進的韻律），就是我的生命所能擁有的最好的東西，那或許僅是稍縱即逝（只要我一個起身便會隨之潰散）的美好心境：我底生命與想像力沒有分別，我即等同於想像力（彷彿在該時刻中，我並非一個寫作者，而是一（何其有幸的）在寫作中消失的人。）

那一個月裡我持續在寫著的，是篇標題叫做〈空堂〉的短篇小說。故事將要結尾的部分，是一位預備要跳樓的女孩，與她底日記本的對話。幾天之間我（集中注意力）描寫那個場景、那些話語（我被發話者的曖昧性尖銳地凌遲著，而無法分清我腦中的語句究竟是來自於那個女孩、來自女孩所愛與記憶的另名女孩，抑或是來自日記本（那具有人格的本子且又有它自己禱告傾訴的對象）的喃喃自語），恍恍惚惚地有了一種異樣的感覺：「或許，」（我對自己說）「我真正想要（最深的慾望）寫的東西，是還活著的我所無法寫的。」（其意思並非，我死去了我便能寫，而是活著這件事殘酷地將我釘梏在「無法寫」的處境（或位置）當中。）

我記得某個尋常的日子，坐在員工休息室中整整一天而無法寫下隻字片語。我非常地疲累了，於是將頭倚在牆上，闔起眼，漫無邊際地感覺著各樣的幻象於腦子裡來去。不知道過了多久，我纔發現我底視象（呈俯角）早已停駐在一固定的地景中而再未移動，那個地方是位於埔里的暨南大學（小時候我曾與母親在埔里住了約半年的時間，那時，母親參加了一個宗教性質的合唱團，因此我亦打母親那邊學習來幾首柔美的歌謠。每個週末夜，母親載著我從練唱的場所回家時，後座的我便抬起頭，無比幸福地凝眄著埔里的星空）。我（在幻想中）盯著暨南大學校園內的某處坡道（兩側有羊蹄甲花），思想：也許我應該到暨南大學隨便地讀個什麼研究所（因為讀什麼研究所根本不是重點），畢業後我再到埔里隨便地找個什麼工作做（因為做什麼工作同樣地也根本不是重點），重點是，我要在一個我自幼年時便深感舒適恬逸的地方安居，活著（僅是活著）；重點是過一份不再寫作（不再與寫作相關）的生活。

收拾好筆電下樓，已是夜晚的七點或八點，坐在吧檯邊喝C甫沖就的手沖咖啡，他似乎問我：「寫得怎樣？」而我忘記了自己是如何地回答了他。那時店內的客人猶未很多，空間中的氛圍乃飄悠一股（若皮革或雪茄之氣味）慵倦，（我亦想形容彼時店裡的光影，如「蛋彩畫般的光」，雖然我壓根就不曉得蛋彩畫是什麼）我聽見人說話的微抑之音，杯與盤相碰，刀叉的起落，果汁機的運轉，這些彷彿都離我十分遙遠。我回家（六層樓的舊公寓，在大墩路中港路口，附近有一間全聯福利中心及珠寶行（與我同樣住在臺中的研究所同學L說：「我知道那間珠寶行！」））繼續寫。約莫十一點左右，我走到廚房，站在流理檯底水槽邊長久地停睇一柄菜刀。其寬面刀身所反映之影像（我底擰扭底臉）與光，與其說有著鏡子的質地，倒不如說那像是一個湧溢霧氣（因之隔阻了我底觀看）、嘶喊與眼淚的通口，我以耳貼緊刀面，覺著那片金屬所傳遞予我的乃是一種殊特的涼。日後，我便將這樣子底（生理上的）涼抽竊而出，植入我所正寫著的小說中，成為了我之對於那名女孩（她在高樓底陽臺上書寫她的日記：「邊寫，邊不時抬頭凝望遠山的腳邊那座沉睡的城市，好多窗還亮著，因為水氣的關係而顯得閃爍，像在憂懼。」）的足踝（凝聚（附著）著意志）的具體想像。從那想像力的筆端處，疼痛，以及言說無以言說的事物的負罪感一再地朝我剉來，我無法透過任何文字超渡我底（活或書寫）的罪惡，因那樣子行的罪更深。

因那樣子行的罪更深：如，多年前我在大學底寢室中雙腳跨放於書桌上仰臉喫菸時，突然生發出一幻想：二、三十層樓高的公寓客廳，落地窗開敞著，風灌入，所有底物件（如檯燈、沙發椅、電視機、書本、招財水晶、茶具、櫃子、抽屜、電話、傳真機、鼠、健身用腳踏車）都騰升而起，因風疾轉，相互擦碰。轉繞的中心有個嬰孩面目空茫地臥坐在那邊，把弄著一只上膛了底手槍。我知道他有可能死，然則（於我之幻想中）我並未阻止他（排開那些飛翔的什物，進入核心，奪過他底槍），而僅是沉靜地注視著那個孩子，聆賞著所有的聲音（燈泡之迸裂；電視機螢幕裡的歌舞；水晶柱體的凋落；書頁的翻扯；電話無端地響；鼠之吱叫），直至幻想結束（一切都歸於息止）。

久遠以來，我所體信的人與人相待之德裡最嚴峻的要求，皆經此幻想（及旁觀該幻想時我的所作所為）而成立。幻想教育我：真實的善（德性）是靜默以對他人（或自身）的生命（或死）；除此之外，若猶仍渴慾著（我們都曾遭罹過那樣子底焦灼）要去說（表達，呼告）些什麼，那麼就挑些無關緊要底零雜細項來說。亦因上述的這個態度，我終於不得不作如是想：這個世間只有三種文學，其一是說些無關緊要之事的文學（合乎德底原則）；其二是背德而試圖去說重要之事（如我所以為的自己）；其三是，將整個底生命擲入唯一底一次說話中（化為一枚真正自由的詞彙）。

我寫完〈空堂〉。一個陽光朗艷的午後，閒晃到C底餐館去找他聊天。我們穿出巷弄（周圍底兩層樓的建築（白漆）都有著大大的院落，院子裡有酣眠底貓，濕漉而熠閃銀光的珊瑚與曬衣架上晾著的，黑得宛若瘟疫的鯨皮）而前往大馬路邊的便利商店買菸（我買底是灰色的MORE（學姊曾聽成灰色的夢）香菸；C買底或許是藍色的DUNDILL又或者是七星淡菸），走回程底路上，我向C說此次書寫〈空堂〉底過程中所領悟的事情（這是偏見。然則我卻沒有意願另覓曲徑以繞出這個恆亙於我心頭底偏見）：「真正的作家（他們夢想著真正自由的詞彙）只有兩種下場——瘋狂與死亡。」他問：「那你呢？」我回答他：「我不是真正的作家。」

真正的作家不求表達某物而求抵達（整個底身身心心都在了他所愛慾夢索的事物中）。

我僅是一卑劣、無德性的書寫者，透過書寫，我傷損我所描摹表達的對象（為了抑制這樣底傷損，我曾花費多少心力在學習並借取他人的文學作品之中看似較溫柔的敘述、聲音與意象），而等樣的，我底描摹及表達亦傷損了我之人性深處對於靈魂的愛（一個黃昏，在國立美術館附近底咖啡店門口，我酸著鼻子向朋友懺訴：「我覺得寫小說這件事深深傷害我的靈魂。」）

網路上〈為另一半口交技術完全手冊〉中之這個句子：「一邊告訴自己你不會因而窒息（你可以隨時讓它離開口中），然後慢慢的將它吞下。再慢慢的將它退出口中。」何以令我感動，彷彿就是在於，隨著我逐漸長大而邁往中年之後，我底內在的寫作激情（持續了約有六年的時間，從二十二歲到二十七歲，如學弟M於某信所言之「疑似存在過的純淨的書寫與閱讀時光」）終於也無可如何地消退。我並不為其消退有任何戚懷，相反的，我非常誠實地感到那股激情的消退乃是我生命中至為幸運的一件事情，因激情矇蔽我太多，激情使得我理直氣壯地錯待太多人事，最關鍵的是，激情令我一而再再而三地甘於涉入既背反德性、同時又絕非抵達（整個底身身心心都在了他所愛慾夢索的事物中）的書寫。那個句子（我以慈愛形容之）宛若是對著此際底我說：「你可以不因寫作而死（即使不是肉身上的死，亦是靈魂的積漸性的傷損），你可以隨時讓自己離開。」

而慈愛與愛慾夢索是多麼截然不同底兩件事情。

我伏跪於男子底胯間，漱吮著（「一邊告訴自己你不會因而窒息」）他硬扎並略顯韌彎（彎曲的弧線並不柔軟，而是有著剛愎執拗底情緒）的陰莖，唾液濡濕我底下頷與胸脯，我的手肘（牴牾他之腿根）感覺到殺羊男子渾身的顫慄，宛如一瀕火底樹。他以雙手箝抱住我的頭（那力勁之重使得我暈眩），壓向他的陰莖，再抽拔，再壓，加快他得著快感的速度。我聞見他如傷獸的呻呼（如：虎名為嘯，狼名為嗥），在一個彷若最劇痛的時點他鬆開我底頭（趁此俄頃我乃平起身搶攝氧氣）而擂搗自己的心臟與太陽穴，他的落拳迷亂蹌踉，精巧的血流（葉脈似底）從他的眼角汩汩滲出。這個時候有月亮。兩箇月亮浸膏在他的瞳孔裡。四下是光。我繼續替他口交，直至他射精。射精之後，我仍然啣著他底陰莖，待那（在線性的時間中迂迴繾綣的）無可挽救的噴湧終於漸次地寧弱與沉默，（一切都歸於息止），我纔慢慢的將它退出口中，並困難地（乃因量太多）將他的精液分次飲下。

他依偎在我底胸口，任由我輕撫他長而膩臭底髮。我不知道他是否睡熟了（被夢接引至我無由明白的他方）。臨走前，他問我：「所以，我底羊白白的死去了，是嗎？是不是這樣？」沿濱海的柏油路我乃又回到火車站，並（與來時）同樣地搭乘復興號歸返臺北。（彼時是二〇〇三年，我猶在東吳大學底外雙溪校區讀哲學系。）

二〇一〇年九月，我進入中正大學的臺灣文學研究所就讀。十一月某日，我坐在圖書館中寫信給我底學弟（在東海中文系認識的學弟）M，信底標題是〈霧中的信〉。

「Dear M，雨天裡的光纂存在小徑的下方，當我走過去時，就感覺自己是塊被潦草地刺傷的黑暗。我坐在圖書館七樓的窗邊，窗外是霧。霧讓景象感覺是晃動在水面，隨時會漂走，包括那棟L型的磚紅色建築、一片群居之樹，以及建築物後方的高壓電塔。那高壓電塔多麼像紀念碑，讓我想起我必然曾經死過，並且讓幾個如今我記不起名字的人流過淚。接近下午的五點了，我所看見的，是對夜的預感。我明白再過不久，他們就會點亮更多燈，他們會讓整座迷宮般幽深迷幻的圖書館灌滿日光燈的水，而我會開始疑惑為什麼這些人還可以呼吸？他們有鯢。」

「這幾天我時常想起K的美。我處在一種思索的狀態中。有時候我無法思索，只是感覺到哀傷，像是我和她去買咖啡時，她湊近我的臉與我討論事情，她的頭髮墜在我的臉上。或是我騎腳踏車經過她身邊時她跳上後座，她的手碰觸著我的背。如我曾告訴過你的，我不相信愛情是存在的，在親密的關係中，我相信的是溫柔、善待等等的。我犯的罪是竊取他人真心信仰的崇高語言，卻私自替換成低劣腐敗的語言。」

當我寫下「我犯的罪是竊取他人真心信仰的崇高語言，卻私自替換成低劣腐敗的語言」這個句子時，心內遂倏爾想及那名殺羊的男子（想及臨別前他問：「所以，我底羊白白的死去了，是嗎？是不是這樣？」），我永遠無法忘懷他底臉（可以想像成：他底臉不溶於我的生命）。我不能明白，何以儘管我確鑿地知道他與我乃是佇在同樣底命運之下的人，我仍是要戮傷他且對他犯罪？（一些箇夜，我為了此事痛哭；眼淚亦是：低劣腐敗的語言。）

我在研究所缺了幾箇月底課（那幾箇月間我從嘉義遷返臺中底家，而從兩次死亡的機會中倖存（生還）。關於倖存的意象（或訊息），是一鋁盆子裝著的和了韭菜末的肉泥。乃因：沒有死去之後的一日，我與M坐在中興大學附近底路邊喫菸，來的途中，於一食攤外看見這樣子底一盆肉泥。我當下十分詫異，意識到自己竟還活著）。二○一一年（同樣底是在九月）纔又重新地回到研究所底教室中聽課。

選底課是在星期二、三、五。每個星期二上午，坐臺中客運十一點二十底車到中正大學（約一個小時又四十分車程，途經大里、草屯（我底故鄉）（由此上國道三號）、名間、竹山、斗六、古坑，最後下竹崎交流道而望學校所在的民雄而去），聽下午底課「臺灣與東亞現代性專題」，星期二晚間住在同學C的研究生宿舍，星期三上午的課是「地方知識、深度報導」（深度係多麼美底詞，令我聯想到沉船與岩漿），下午修「戰後作家作品研究」，上完這堂課（下午六點結束）又搭乘七點半（那之間的空檔我怏怏然盤坐於公車站底長板凳上讀書）的車回臺中，星期五搭乘上午八點底車到中正上「論文寫作（一）」，下午上「原住民文學專題研究」，之後又坐五點四十底車回臺中。

是在這樣規律底日子裡，一天（冬，寒流），我在臺中，起了決心去海邊。下午所裡有課，什麼課？哪一堂課？無奈卻忘了。我飲綠茶，燙著嘴唇，隨意撥電話給某人，向他說：「我痛。」他答：「沒關係的，我們都痛。」我疑之，他遂叫我去問 Chen Yun Zhi，這 Chen Yun Zhi 是個啥子人我並不曉得，就三個音，但不知宜以什麼字去填對。思慮著該待在家裡上網查找 Chen Yun Zhi 之資料，抑或是按著原本底意思去海邊，後來想，還是去海邊，沒為什麼，只因想去。

去海邊倒還容易。我住的地方不遠處就有站牌，經過那兒的公車，十有八九是通向海邊。我穿著父親贈我底厚外套，又往背包裡塞入香菸、打火機、瑜珈墊、籃球、L 送我的乾燥捧花、美工刀、吹風機、旺旺仙貝經濟包（文案：「堅持使用臺灣優質好米，經過多道工法，精心烘烤而成」）、長頸鹿木雕、磁鐵，就這麼著的，覺得該帶的都備妥了之後，我乃肩起背包（adidas 黑色背包），心情愉悅地（像受邀代言快樂牌開心果的松鼠那樣）出門。

要到那站牌尚得爬個天橋纔行，我也不怕，爬天橋便爬天橋。爬天橋底時候，我方想起，哎呀呀，忘記了要帶上那只舊木椅（被母親棄置在我家底後陽臺），那只舊木椅我很喜歡，它看起來十分哀愁（它底木條被雨及日光曝洗成象灰），總是令我想起馬蘭（泰國象，1948 - 2002）時常告誡林旺（緬甸象，1917 - 2003）的話：「擤鼻涕的時候鼻子要打直。」

搭車需零錢，我有零錢（一箇五十元硬幣、三箇十元硬幣、三箇五元硬幣與七枚一元底銅板），且我還有悠遊卡（這在臺中亦是能使用的。裡面儲有四百七十五元）及臺中e卡通（裡面儲有一百九十一元），故我便好整以暇地倚蹭著站牌桿兒，鵠守那班通往海邊的公車。

冷（天色陰沉得宛如一尾蟄伏底牧氏攀蜥，讓逛動物園的惡童不住地咆哮並拍打玻璃：「動阿，動阿，媽，牠是不是死了？」）。後來來了一班公車，卻不是它，車便開走了。後來又來了一班公車，是它，於是我便上車。我拿出皮夾子裡底臺中e卡通，觸碰了一下感應器，然後那長方形像塊發霉年糕的感應器便對我說：「逼。」我亦很有禮貌地向它說：「逼。」就如人家假若對你說：「你好。」那麼你也該即時（且懇切地）回應他：「你好。」這纔是有教養底文明人該有底行止。司機瞅（我實在是十分底溺愛

「瞅」這個動詞；總有那麼一天我要寫篇小說裡面底人物都不「看」而只「瞅」了吾人一眼，吾回瞅之。

司機是位男性，年約四十歲，短髮，細眼（眼角附近有幾條明顯底魚尾紋，明顯到你會以為他在子宮中是先長出了魚尾紋，接著纔心不甘情不願地發展出四肢百骸），處女座，A型，喜歡吃海鮮泡菜烏龍麵，剝蝦殼底時候一定非得穿戴《怪醫黑傑克》裡的那種手術用乳膠手套不可。

我坐在靠窗底位子。窗貼著濾光紙，窗外的世界看起來就像壞掉的茄子。

車子裡坐了五箇人，那麼說起來，再要加上我的話，便是有著六箇人了。我不由得欽佩起自己底數學頭腦。除卻這六箇人之外，位子上還據著一隻企鵝。我原不理解企鵝在這裡做啥麼，後又想，因天氣冷，故出現隻企鵝亦不甚奇；天氣熱有蚊子，天氣冷有企鵝，這都是合情合理的事情。那企鵝底腳邊，放了大大小小的塑膠袋，裡頭裝了蝦、魚、冷凍鑫鑫腸（鑫鑫腸的主要成分為：魚漿、水、樹薯澱粉、棕櫚油、豬肉、紅麴色素）以及各種顏色的響板。企鵝牠要帶上鑫鑫腸與響板，我是無有所謂的（牠高興的話也可以帶馬友友與直笛），然則那袋中底魚和蝦所蒸冒出的腥味卻著實熏得我難受，並非說該味道果係有多麼刺鼻，而是，（我覺得）那股腥味大大地減損了我所冀圖於此趟旅程中的哀傷。

我與企鵝既不同文又不同種，因之也不大方便去向牠說教些什麼。但為了表達（或宣洩）我的憤怒，我乃從背包中取出旺旺仙貝大口大口咖渣咖渣地喫，且，喫完了以後，便將那印著黃色波浪條紋底包裝封袋隨手拋之於地，再踢到前座底椅子下面，真底十分開心，我從來不知道亂丟垃圾竟是如此令人心悅，我想，如果我的外公看到了我從一個在海邊撈拾別人垃圾的笨孩子變成了今天這般模樣，一定也會跟我一樣開心。

我外公在我國小五年級的時候過世。他死了，我的母親一直哭，我的母親的妹妹們也一直哭，我也一直哭。他死了，棺材就停在客廳裡，而我的外公在棺材裡。棺材開了一個孔，因此我可以看見他的臉，有點腫，白色的。那幾天，我仍爬上外公的床睡覺，跟他生前一樣，我總是與他一起睡的。外公曾在他底家（彰化縣芬園鎮）附近的山窩裡，綁了只鞦韆（懸吊在一棵粗壯底荊桐樹上），我去那兒玩，盪到最高之處，可以看見整箇彰化平原（包含南投市區）上所有的房子，所有的窗我都能看見，所有的人的臉，所有的光線與所有的寂靜，我全都看得一清二楚。而我回報給外公的是：有一天（我花去整整一天），我在一張忘了怎麼弄到手的大紙上，畫了箇依我看來前所未有底複雜的迷宮給他玩（小時候我酷愛設計迷宮給倒楣的親友玩），而我底外公，他慎重地戴上老花眼鏡，便開始在那紙曲徑中走了起來。第二天，外公滿臉倦容（亦是有點腫，但與棺材裡面的臉的腫不同）地向我抱怨：「你這個迷宮根本無有出口。」（我底外婆在旁恫嚇：「你們兩箇，眼睛早晚會壞去。」）

咖渣咖渣地喫旺旺仙貝。

公車經過大遠百及新光三越時有一點兒阻塞。臺中底大遠百是在今年十二月底開幕的。開幕之初，聽我底朋友說，那附近的路段（中港路、惠中路、惠來路、市政北七路（曾被票選為全臺灣最奇特的路名）等），車子完全沒辦法動彈。大遠百底門口，有張巨幅海報，是**CARTIER**的，海報上有隻美洲豹，因此我想，**CARTIER**乃是間獸醫診所。故當企鵝在此地下車，我便理所當然地推論：唉，原來牠是要去看病的了，（牠）想必十分地不舒服，那麼，我又何忍苛責牠將一袋袋底魚、蝦、冷凍鑫鑫腸及響板攜上車呢？吾人之面對一箇病患，難道不應行入牠底病之核心（如若與牠同病），而觀照牠之所感所痛嗎？此纔是真摯底待人（待企鵝）之道。思及此，我幾欲落淚，遂羞恥地將旺旺仙貝經濟包重新地塞回背包裡。

企鵝下車後我方纔深切地思念起企鵝，反省著，過往底日子，我亦曾於小說中描寫過企鵝（那隻企鵝在一艘豪華郵輪上當侍者，而其實牠是間諜），但那畢竟是出自我底想像，描述起來必有未逮之處，那麼，何以當真實的企鵝出現在我眼前，我卻沒有把握機會好好地觀察牠，同牠互動呢？（我可以對牠說：「嘎。」）然後拿出瑜珈墊邀請牠與我一起做健身操）真真是不經心，因為一箇寫作之人，必是要深深地扎根於他底現實之中，關懷（喔唔關懷，我一聽聞這個詞就會想點眼藥水）他所描寫底對象，疼惜（愛）他所在底土地，這纔是一箇有志於寫作底人所應遵循的道途吶（我懊喪地想起：這趟旅程，我忘記帶眼藥水了。那麼，該關懷底時候，我又該何去何從呢？）

與寫那間諜企鵝約莫同一個時期，我且構思著另一篇小說，其梗概如下：一個人（男人）跑到一個舊公寓的頂樓跳樓（跟〈空堂〉一樣底死法，乃因我對此死法有相當程度之執迷），他跳下來，正巧跌進一輛環保清潔車裡，車的後櫃內滿滿堆著的是綠油油底殘葉敗枝（或許因為颱風剛過境），他沒死，甚至也沒受傷（可能他應該受點輕傷比較像真的。好吧。他底左腳的膝蓋破皮了），於是他回家。回家後，那男人的女兒同他討幾片樹葉，說是要貼在簿子上的，是國小自然課的作業。男人遂從自己的衣服、褲子上挑了些從清潔車裡沾來的葉子交給她。她便貼了。

我之所以意欲著寫那篇小說，主要是要關懷當今底（日益嚴重底）自殺問題（世界衛生組織公布：臺灣自殺率已擠進世界前十五名。每年約四千人自殺身亡，若換算成天計，則每天有十二人自殺身亡，等於每兩箇小時就有一個人自殺而死。也等於，假若由我家出發到海邊的車程亦同樣底是約莫兩箇小時底話，那麼在這趟旅程中，就會有一個人因為自殺而離世。）我亦想關懷環境保育底議題（諸君思之：隨便底一颱風來，路樹便傾覆成那樣，那想必是樹種得不好）再者是，我著眼於關懷臺灣教育僵化的現況，臺灣兒童之教育流於表面化、形式化，不重視實質底啟發與孩童親身探索底歷程，這怎麼可以呢？

後來放棄了寫作此篇小說，乃因我反省到：我底心眼很小，塞不下那麼多關懷。除了這些關懷之外，我同時想（順便地）寫寫一箇畫面：那疊作業本被老師帶進了辦公室，她（或他）批改著，打勾，打勾，打勾，然後她（或他）改到了那跳樓男子底女兒的作業本，也無什麼異樣，打勾，便過去了。我總是（無數次）逼迫自己凝神注視那個瞬間，慢動作播放（〈為另一半口交技術完全手冊〉之「切記，動作一定要慢。」），逼迫自己將那張紙究竟如何受光（光如何讓紙頁、紙頁上所黏貼底樹葉的色澤與其邊緣之陰影產生變化）；老師的指尖如何接觸著紙張，並將人類微妙的濕氣傳遞於其上；原子筆尖端所壓擠出的顏料是如何地鏤入紙頁；那個打勾的力道又是如何地穿透紙背，使之產生一個弧形的凹痕；老師的目光看著，打勾，總之，便過去了；翻頁時，有一道宛若蠍子的尾梢那般敏銳尖毒的空氣細流在某顆心中閃晃了一下，彷彿刺中什麼，但其實沒有，翻頁，過去了。我逼迫自己凝神注視（吞嚥）這種種細節，盡我所能地不去談論（觸碰）一個人的生，一個人的死，以及這之間所有無法閃避卻又無能以對的哀傷，我盡我所能（服膺我自己對德性底要求）就挑些無關緊要底零雜細項來說，然而，即使是如此，我仍殊難從這樣子底注視（宛如注視著漂浮於水面之上或下的《卡夫卡全集》）之中、從書寫之中，得到一種我所可以認同的對於生命之不義的體諒。

人上車又下車。現在這車上連我亦算在內底話乃有七人，有兩老者，一孕婦，一司機，兩少年。車子現在望著東海大學的方向去。黎明新村站車停，又有一中年壯漢荷鋤而上。孕婦坐在我底左手邊，是位年輕的媽媽，穿牛仔褲、勃肯鞋、長度約到下擺的寬鬆毛衣。她戴著耳機，耳機外殼是一朵磨菇的造型，連接至她別在毛衣緞帶上的 **iPod**。她底手輕輕拍打著自己（是她自己的，而非中年壯漢或我的）隆起的肚皮，嘴唇並未發出聲息地（隨著我聽不見底音樂）開闔歌唱。我很渴望聽見她在唱什麼，所以也在心中挑選了一首輕柔的歌，跟著她一起唱，唱著唱著，也就睡著了。醒來時，公車纔在光明陸橋上，我們僅移動了一小小段路。透過車窗，我看見陸橋右側底荒地中央（單腳）立著一棵枯樹（其周圍擺棄了輪胎與水泥管），樹之枝椏停落成群的白鷺鷥。初醒的怔忡間我想著，那棵樹剛剛彷彿還在我的夢中，而我在樹上。我與我底鳥夥伴們一起收斂翅膀。夢中，不斷不斷迴繞著這個句子：「我是鳥，我可以亂大便。」

我曾經做過一個夢。在二〇一一年的四月（也就是，缺了研究所底課而回來臺中居住的時候）。

夢醒來，我立刻頓悟（幾乎毫無時間差）到：「我經驗過最偉大的文學作品是這場夢。我的寫作的老師亦是那場夢。」（那夢之於我不是一份必須去承受的悲傷，而是將我擊碎，使得我底內在爆破出一個（宛如我為殺羊男子口交時的口腔）真空的空間，於是（彷佛為了要直面這場夢）我開始投入一場為期約兩個月的書寫。

當時的紀錄如下。〈20110507〉：「自從四月底做了那場夢以來，我就活在一種詭譎的規律性當中，除了幾天與朋友聚會的日子，我每天都在寫字。五、六點起床，寫到晚上六點，晚上的時間與女友看一兩齣卡通《名偵探柯南》，然後我讀書，十一點睡覺。這一個月我每天寫個不停。為了要讓我有足夠的體力支撐下去，我會睡午覺，喝大量的檸檬水，一天喝五、六杯黑咖啡，毫無節制地抽菸，吃水果或綜合維他命。」

〈20110512〉：「五月初，我在馬祖當兵的朋友W休假回來看我。我告訴他我的狀況很糟，很想死去。那天我太疲倦了，鎮日寫東西的疲倦，或許還有看見老朋友的開心，讓我毫無顧忌地向他說那些事。如果我夠體貼，我應該會選擇別種方法告訴他我的狀況，我不會提到死去。」

彼時，我不懂自己所遭逢的究竟是什麼處境。如今我纔稍微明白。我稍微明白的是：人類（無論他擁有多麼強悍的靈魂），他都無能（無能力，於技術上亦無客觀之可能）去直面一場夢（因為夢不是意識的對象，因為夢若被改造成（無論那是多精細、縝密的改造）意識的對象，夢即死去），夢並非如電影般在主體的腦中播放（如一般的形容：「我看著我的夢。」）而電影的投影光束則來自主體的記憶、日間之所做所為，或記掛著的憂懼愛慾；相反的，夢的光束是源自意識的闕如、主體的死。吾人所以為的夢之內容（有著看似完整的情節、人物、道具；如一小說或電影）乃是生之欲為了欺瞞主體（終其一生地欺瞞），而（任意地）（隨機地）（或合於某種邏輯地）擺置於光束路徑間的受照物（當光束在受照物間移動，敘述便產生）。（這也即是為什麼所有底以敘述為核心技術的文學作品，都無法真正直面死亡，乃因敘述即（頂多是）受照；敘述（無論何其悲慟殘酷）始終撩動我們底生欲），故，倘若一個人將目光（在夢中或在現實生活中或在文學作品都是如此，因構造是一樣的）由受照物（敘述）中移開，溯光束的來源望去，那麼，於一個頃刻間，他會感到無法說些什麼（因他所習慣的言說都來自於長久以來對於受照物的觀測與理解），然後（如若他繼續地看），他會十分憂傷地明白：那個光束，原來其起源正是自己的死亡。那束光成為一個除非填入生命否則無法得著歇憩的空缺。那樣子底填入過程，對我來說，大約像是一個詞終於抵達了這個世界中之因為這個詞的飛離而造成的（不斷流血的）傷口。

〈20110527〉：「我讀到一些句子，恍惚間讓我以為自己是能走過去的，然而只要我一靜下心來，我便知道那份哀傷還好好地在那邊等待著我。我今天還妄想著要寫一封信給學姐告訴她我目前的狀態，但我做不到，因我不願意她承受這樣的我，我覺得沒有任何一個人類有義務、正當性去承受這樣子的我。我想，死是漫長的準備與籌劃。在我做那場夢的時候我已經被攜入難以存活之中，未來，與日後的活著皆只是慢慢領悟我何以無法活。」

〈20110527〉：「我感到文學是虛偽。」

車在裕元花園飯店（即二〇〇九年陳雲林訪臺中時所宿之所）前停，一少年下車，上來兩名衣裝筆挺者（一男一女）。車經過一面長牆，牆面紅底白字，書的是某箇營造商的廣告字樣。我曾親眼目睹那字樣底寫就過程，是在二〇〇七年或二〇〇八年，我還是東海大學底學生，某一日（亦是在公車上，亦是冬天（或許是雨天，因為除卻雨天，我極少會搭公車到學校）），我看見一個初老的男子（他身上底卡其衣褲布滿綠色、紅色、白色底斑點）在那面牆上鬃刷油漆字體。他已經用鉛筆打好草稿，他所做的，乃是把油漆填入鉛筆線條的框格中。當時，那幅圖景深深地印在我心上。我對Y說：「覺得我好像那老人，好像早就在心裡預先地把一個個今生想完成的作品（作品中的精神、文字、記憶與哲學）用鉛筆描在牆上，剩下的只是真正去寫。」

車上底那少年（本來有兩箇，後來下了一箇，剩一箇，這是並不難底減法，只要多動點兒腦筋，便能明白通透的）默不作聲地摳掘前方座椅內之填充海綿。醬泥的光線像塗一片吐司那樣子地塗他。他穿籃球鞋，Nike的，他穿短褲，他穿同樣顏色的一雙襪（黑），這使我感到莫大的不滿，畢竟，這是輛通往海邊的公車，亦是趟何其哀傷的旅次，怎麼可以有人（況且又是箇少年）穿同樣顏色底襪呢？太尋常且太服膺規矩了。後來我又思之：他都已經在摳海綿哩，不然我還要他怎樣？（於是我乃放棄了董至他身邊一直假裝咳嗽底念頭）衣裝筆挺者（男）與衣裝筆挺者（女）在說話。男問女：「西堤（TASTY）妳吃過嗎？」（彼時公車正經過臺糖量販中心附近底西堤），女答：「這間我沒食過。倒是，去年我去喫了SOGO旁底那家。」「如何呢？」男梳了梳他的首。女不知怎地竟笑得花枝亂顫：「就牛排嘛，還不就那箇樣，他們的刀子還算利，這樣就很足夠了。」男亦哂。

少年底指（默默地）乃已將座椅齧出了好大的一洞。便從那洞孔之中滾摔出來一箇侏儒。侏儒底頭與他的身子的比例是一比一。侏儒穿著格紋襯衫、糖果包裝紙黏成的揪揪、和一雙花襪子。侏儒穿老爺褲和一雙硬底皮鞋（左右兩腳之皮鞋鞋面上各自兀立一隻半透明（如荔枝的果肉）的幼鼠）。車內如許底靜了。連一只美麗底蝴蝶兒用牠底觸鬚比fuck手勢（對著蜻蜓或蛾，那一類的）的聲音都聽得見。人（少年、衣裝筆挺者男女、敝人我、那位在黎明新村站上車的中年壯漢以及那箇哼歌底孕婦）底目光皆睒（ㄕㄢˇ。動詞，窺視。漢・揚雄・《太玄經》・卷六・「瞢」：「瞢復睒天，不睹其軫。」這係吾人從「教育部重編國語辭典修訂本」底網站上查到ㄉ。我很棒！）那侏儒。侏儒既墜（如體操選手般優雅而筆直）之於地，乃擰旋其腰，並展迫他之背脊（骨與骨骼達骼達響），打了箇直徑約有七十九公分那麼大底呵欠（一般人底呵欠直徑，乃落於十公分至二十公分這一區間，故侏儒之非凡人也由此可見）。

衣裝筆挺者女云：「是箇侏儒。」衣裝筆挺者男附和之：「是底，是箇侏儒。他真矮，他的臉又似箇老頭兒。」女說：「看著他，我方憶及，在我小底時候，我曾與父親到過烏來的雲仙樂園（一九六〇年由日本索道專家近藤勇赴烏來瀑布頂端勘察，確保此處之適於架設空中纜車及闢建樂園）（霧，岩壁間茂密底羊齒草，泉水）（盤纏於枝椏上底蛇的眼，如紫色的玉）。我對父親說：『爸比，那蛇的眼，宛若紫色的玉。』吾父嗤鄙對曰：『汝又何曾見過紫色的玉。』『但是媽米她，她便有著一方紫色的玉。』父親摟緊了我，將我裹覆在他底風衣翼下，點燃了一根寶島牌底香菸，幽幽地喃吶著：『這裡好冷，果真是山區。』『然而，』我底那位沉默寡言的父親如是說：『妳沒有媽米，她死了，已是多麼久遠以前底事情，那時候，妳既無有記憶，也不懂得人間的言語。』『（然而，）』我未對我底父親說：『（每個夜，夢準時開啟，開啟之後乍現（永恆的驚喜感）在我底眼前的是一間潔淨的廚房（碟碗刀鏟皆放著光）（光線乃一殘酷的拒斥，使我當下明白：這不是真的），我底母親，她在那兒為我燉牛肉。）』」

「我環抱著母親。她多麼暖。燉牛肉的香味又係多麼底馥（夢中我之絕望乃若聶魯達詩句：『她愛我，有時我也愛她。怎麼會不愛上她那一雙沉靜的眼睛呢？』）我環抱著她，我底母親有著纖細卻又柔軟底腰枝，我問她：『媽米，這是什麼動物底肉？』她回答我：『是牛底肉，我的寶愛。汝知道牛是如何叫的麼？』『哞哞哞。』總是於仿擬了牛底叫聲之後，我纔注意（倒抽一口氣）到母親胸前底那紫玉。『好漂亮呀。』我指向那石，母親曰：『這是玉，玉很涼，像井的水。』我央求她贈我那玉，她搖頭：『這是死者的玉，妳不能有之，就像酒是成年人的飲料，妳亦不能喝，是相似底道理。』（我因那玉底美麗而心痛至極）我哭鬧，且嘗試著要去掀翻那只燉牛肉底湯鍋（湯煙是像一箇海螺的內裡那樣子底光滑潤膩）。母親阻住我，撫摸我底髮，很慢地，那是緩緩的、寧靜底撫摸（直至我覺得將要在夢中失據地入睡），我底母親纔對我說：『待到我足夠愛妳之時，我便解下我底玉，將它送給妳，好嘛？』我言：『好。』她遂同我鼻子碰鼻子，對我說：『那麼，妳該醒去了，我底愛，我的寶貝。』」

「樂園中遊的客少。雲隙間，日光已看不見了。行過蜿蜒潮溼的林徑之後，來到一處廣場。廣場中央唯駐泊數輛浣熊造型的電動車、獅造型的電動車、狗造型的電動車。父親將我抱入某箇動物挖空了底腔腹中，投下錢幣，那獸便踏動四肢，駝我逛悠了約莫半圈的廣場。坐困於獸體內睎我底父，逐漸地遠而小了，嵐霧漫過來的時候，他的臉與其身上底風衣乃糊漶成一片緊閉的蛤灰。他問我：『是否意願著再玩一回兒？』我曰：『不了，屁股濕濕的。』我們便去攤車買熱飲，買甜甜圈（草莓口味）分著食。海盜船設施已經封閉，太空飛船亦然，操作亭底小窗上，貼出了維修的公告。父親曠久廢時地默讀那張窊皺的紙（我記得他唸著字的模樣），俯下身對我細語：『沒法子了，它說，太空飛船被隕石給打壞了。』『隕石是啥麼？』『是太空中底石頭，黑色的，上頭有洞。』『隕石為甚麼要去打太空飛船？』『隕石莫有要去打太空飛船，隕石好好地在那邊，是太空飛船自己去撞它。』『果若如此，那又為何太空飛船要去撞它？』我底父親吸他底寶島牌香菸，而對以：『因為太空飛船尿急，它要奔去廁所，便也顧不得好聲氣地商請隕石們讓路。』」

「我隨父親去廁所。他解溺時，我佇候於外，手裡抓著一箇杯子，一箇甜甜圈紙袋。吾父不斷地呼我底名（搭配以尿注的淅瀝響音），我亦聲聲應答（他是說：『這樣子地做，為底是防妳被惡人拐去了。』）出來後，他云：『那麼，去看馬戲團吧。是俄羅斯底馬戲團。』『俄羅斯係位於何處？』我問道。『約莫是靠北面，是箇經常地落雪的地方。』父親從他底褲袋裡，掏出一紙折了兩折的廣告單，乃是入園時，隨同門票與纜車卷一塊兒附上來的。他比給我看廣告單子上的照片：熊、噴火底人，與白面紅脣星星眼的小丑。那小丑的臉面惹得我驚駭，我拒之曰：『免了罷。真要看熊的話，倒不如去木柵動物園看，那兒的熊更齊全，啥麼樣子底都有。』父親知我怕，便撓了撓我底下巴，說：『沒有什麼好去懼怯的，我底女兒，小丑同我們一箇樣，都是人，都要喫飯灑尿的。』」

「乃進入了一箇彩頂的帳棚。棚之內裡不似外頭所顯象得那麼樣華美氣派，係既狹窄，又瀰漫著一股衣物濕霉的味道。表演尚未開始，在場的觀眾，除了我與我父之外，便只有一位嗑著瓜子的、渾身酒氣底老人。幾只木箱併就的舞臺上，有三個小小底孩童，他們在呼菸，打撲克牌。舞臺邊，一名少女將她底一條腿勾住移動式燈架，再以雙手搊壓之（這個時候，那三箇孩童底影兒，便如樹那般地晃）。有箇鐵籠子，裡頭果然有熊，熊正在讀書。吾父曰：『女兒呀，妳去瞧瞧，看牠讀的什麼書。』我於是湊近籠邊，彎下身子去把書底書名與作者記憶下來。『是福克納的《熊》。』我回覆我的父親。他呵呵笑道：『那麼我亦該來讀讀一本叫《人》底書。』後來便有陸續的觀客進場，喊喳說話，閑言亂語，然則大半底座位仍是空的。又從舞臺帘幔後鑽出了箇光頭的胖男人，掖一猴於襟懷，踧踖警睇，左右顧盼。那猴猶為崽仔，牠戴金瓜帽，一付圓框底眼鏡，父云：『這馬戲班子裡的動物倒都有點兒氣質，要不讀書，要不就是患上了近視。』」

「胖男人木木然說了段開場白。這時纔注意到孩童與少女早已不知所蹤，猴崽落至了地面，神貌簡靜地瞋目帳棚接隙處沙洩下來的天光。胖男人先是弄使猴兒表演了幾套據稱是中國武術的身段，然依我觀之，乃僅與尋常的伸懶腰相距甚微（父親怨：『不是說的是俄羅斯的馬戲班嘛？』），猴退場，觀眾裡未有鼓掌的，只聞得老人嗑瓜子之音。接著是熊，熊已出得籠來，此際方巍巍然羆立而睥睨四座。」

「熊言：『咳。咳。對不起，我必須清清我底喉嚨，因為人類說話底聲音很難模仿。』（觀眾乃笑）『我說的是真的，你們笑啥麼？』（觀眾又笑）『真的，但是你們比雞好。**You guys are better than chicken.**』（笑）『雞有夠難學。什麼？哪裡是咕咕咕而已。』『我以前在臺北上班的時候，』（笑）『熊不能上班就對了？』（笑）『我住的公寓附近（捷運萬隆站），』（笑）『不知道為什麼養了一隻雞。你們一定都以為雞只會早上叫，或是凌晨叫，你們錯了，只要雞開心，雞可以連續叫二十四個小時。』『我快被逼瘋了。』（笑）『我是說真的。』（笑）『我只好打手機給我的朋友，』（笑）『你們的笑點很奇怪。我打手機給我的好朋友，』『貓。』（笑）『我對牠說，怎麼辦？雞一直叫，我睡不著，而且念不下書。』（笑）『更糟糕的是我下個月就要考高考了。』（笑）『我的好朋友回應我：「喵嗚，喵嗷。咪。喵凹奧。奧咪唔唔咪。」我遂對之（無可抑止）訇吼：『靠！都什麼時候了，給我說中文好嗎？』」

「（觀眾鼓掌）」

「『後來我們就沒聯絡了。』（笑）」

「『失去朋友是件悲傷的事。』（笑）」

「『你們下次再在我悲傷的時候笑，小心我打你們。』（笑）」

「『總而言之，從那時候起我就在想，雞的叫聲實在很難模仿，為什麼呢？因為你之喚求的，非係聲音的相近，而實是那引得你瘋狂之物。在模仿的諸般程序中，你的推敲、慮患與耽思，表面上看來，彷彿使你逐步達至了你所模仿的對象（一致；或如兩式相對照的表單般建立起抽象的呼應關係），然而，模仿亦是種架空自身的，祕而不宣的殘暴。因為一箇真實的模仿者是一個接迎者（以整箇底身身心心接迎）；因為一箇真實的模仿者是一箇真實的做夢的人；因為一箇真實的做夢的人不會說：「我昨夜做了一場夢。」（我昨夜讀（或寫）了一篇小說），因為一箇真實的做夢的人會說：「昨夜一場夢降臨，而我不知道我在哪裡。」因為一箇真實的模仿者模仿得愈翔實愈好、愈生動愈如真、愈令觀看者感到他之企近受仿物，他即愈在受仿物與自身中都哀切地體受到發源於雙端的難以企近的斥力。一箇真實的模仿者獨處時眼神空茫，那麼我們不應當打擾他，不應再要央迫他為我們擬倣夜梟或蛙的鳴嚶。一箇真實的模仿者死去，我們都不知道他去了哪裡，而那豈不正是他持續了一生的內在感覺？我們應作如是想：他的死乃是他最後一次地，亦是僅此一次地為我們模仿了他自己。」

「熊緘口良久，復云：『看諸位那箇樣子底臉色，莫非是我冷場了嗎？』觀眾此時鼓譟有之，罵詈有之，憤而望舞臺上擲物者亦有之。我對父親曰：『熊真可憐，其實牠會說話已經是很了不得哩，何苦管牠說啥子呢？』父謂：『說話底恐非熊，實乃不知匿於何處底人吶，卻要熊來擔此橫逆，確實熊是可憐。』胖男人便縛了熊，將其拽離舞臺，而後打哈哈道：『這熊怪里怪氣的，我也時常不能明白牠說的話，那麼，請繼續觀賞下一場底表演，下一場表演係絕對地精采哪。』」

「出場的是三名孩童疊羅漢，疊起來約為一成年男子的身高，只是那男子奇異地擁有六只短短底手。他們面向觀眾，臉上皆飾以彩妝，溜圓的兩箇眼睛在令人望之惑懼底臉繪裡彷彿無有固定的位置，一下子是其中一顆眼球咕嚕嚕地滾到了額上，一下子又是一粒眼珠子從耳殼或脣角嘎吱唧啾地壓啵出來。「多麼可怖底童子。」我掐住父親底臂膀，父親撫吾背而嘆曰：『非童子，侏儒也。』侏儒的手裡擘著飛刀，他們在玩拋接的遊戲，兩箇人六只手將刀子忽高忽低地望天上甩，又佯裝手忙腳亂、卻其實極為準確地讓刀柄落入同伴或自己底掌中。刀子底柄係沉甸甸底，擊到了掌心的肉，便發出（我從未聽過，只存在於我想像中的）秋實觸地的聲音。刀刃刨映著光，帳棚內彷若是下了一陣光線的急雨。」

「那樣子底雨歇止了之後，三箇累疊的侏儒中之居最高位者乃云：『邀請一位觀眾來與我們一塊玩兒。』舞臺上，不知於何時出現了一堵看來相當結實的木板，木板的左右兩端各附有一箇用以佐撐的接地三角框，木板的正面上頭星列刀鑿的口痕，將一箇箇顏色深墨的孔竅連綴起來，便係人底輪廓。『玩底是什麼呢？』我問父親，父親沒有回答，他站起來，俯著身子抹了抹我的額頭，而後在疏落底掌聲與啞然之中走向舞臺。父親憑傍著木板站立，我未曾見過他站得這般挺拔，像是一個飛行員，或是電視劇裡的新郎。舞臺燈的光束撲噬了父親，又吐出他的影子。影子宛如蟒蛇一樣纏住了所有的東西。他們朝父親擲刀子，我來不及閉眼睛。父親沒有死，也沒有受傷，頭髮仍是整整齊齊的。他又下來了，回到我底身邊。他問我：『妳怕不怕？』我搖頭。『那你呢？』我問。他思考了許久，說：『嗯，我很害怕。』」

「那天，馬戲團底最後一位表演者是箇拉小提琴的男子，他很矮小，有張削瘦的臉孔，搭配突兀底蓮霧鼻；他繫一條粗麻材質的頭巾（因此像是頂著細細的荊棘枝條），穿著損陋的吊帶褲。他演奏哀傷的曲子（若是我依稀記得起片斷的旋律，我便能在這裡哼給你聽，然而我已全然丟失了它們。）我記得的是：演奏至一半，男子睡著了，全部的人都聽見了他底鼾聲。一開始，觀眾皆以為這是表演的一部分，畢竟，歪頸揹琴而猶能入睡（且右手依然穩妥地持弓），係多數人難以想像之事。時間過去。他底鼾息忽而亢亮忽而澹低，令我覺著宛如是臨對難以逆料的海洋。胖男人登臺猛力將之搖醒，他底脖子一箇驚扭，小提琴遂摔在地上了。胖男人斥責他，說他如斯睡去，是多麼地不敬業，多麼地對不住觀眾。男子駁曰：『我沒有睡著。我尾隨音樂走，想捉住它。自始自終，我都在追躡的路途上。』胖男人突地予了他一記耳光，辣烈底聲響，我彷彿也用了自己的面頰去諦聽，摸了摸臉，便哭了起來，安靜地，悠長的時間中，只有眼淚滴墜著像草籽一樣地積結在我的胸口。」

「父親揹我下山。離開了纜車，我們又再走了一段高高低低的，恍惚的石階。藏藍的樹梢上沕著一枚新月，形狀像指甲屑似的。我將出現在內心中的比喻轉述給父親聽：『月亮像指甲屑。』」

「大約就是這樣子了。」女子說。

在女子說這個故事的時候，公車幾乎是滯止不動的（若非如此，早已抵達海邊了）。主要的原因大概是：一輛滿載著魚貝蝦蟹的貨櫃車翻覆了（位置約在臺中港路與中工三路的交接口，那裡有一間紐約比薩、一間四海遊龍鍋貼專賣店、臺新汽車借款、新仁安中醫診所）。雖然那輛貨櫃車是在對向車道翻覆的（這暗示著，該車是由魚港（也許是梧棲港）開往市區的），但崩傾而出的魚獲卻足足淹蓋了整箇底路面。轉瞬之間，那兒便被貓占據。那麼多底貓，數以萬計底貓在連綿的魚（因凍後而泮滉著雅淡的煙氣）山上發狂地舞蹈，牠們將魚開腸剖肚，把螃蟹當作飛盤（或血滴子）那樣子拋甩，以蝦螯斲刺彼此，或是猜拳時當作剪刀使用。待到市長胡志強率騎警、犬、獵豹（興許是從大遠百的**CARTIER**挪借來的）驅散了貓，而又出動怪手、推土機清空魚山時，女子猶在描述那名拉小提琴的嗜睡男子。

女子說：「大約就是這樣子了。」衣裝筆挺者男詫然驚道：「是ㄇ？故事結束了嗎？為什麼感覺無頭亦無尾的呢？」她答曰：「原先，也並未思想著要去說一箇故事，僅是由於那位侏儒底出現，便誘發我去訴說這一段經歷。你必須知道，於全數我的訴說之中，只有一句誠實的話，那即是最初，我談及了關乎我底母親的夢，她在潔淨的廚房中為我烹調牛肉，那間廚房的光線異常地明亮芬芳，光源來自所有的物件，一束束的待採擷的光宛如是由百合花的花瓣所揉製而成的，光裡彷彿有汁液，有著我全然無法悉曉的疼痛。我說，光線乃一殘酷的拒斥，使我當下明白：這不是真的。你於是乎也了解，我的訴說是在這樣子底光線中所行進的迷失與頓挫，我什麼也看不清楚。」她云：「你於是乎也了解，我的訴說是敞開我底胸脯，讓（牽引；敘述的起始）那道拒斥我的光線（盡可能地）刺入我的心臟。的確，這不是真的。你不能明白我是如何地在未被真實所允諾的時空中哀慟嚎泣。你問我，故事結束了嗎？我要告訴你（你是我此時此刻最親愛的人），我曾經以為生命是可憫的，我曾經以為聆聽別人的故事，或自己去說一箇，那麼我們的悲憫便有了可以棲存的居處。這是錯的。這不是真的。如今我想，說一箇故事於我而言無非是孤絕、是緘封，是向我所摯愛的已逝的靈魂乞討一方死者的紫玉。」

衣裝筆挺者男再問：「依汝之論，樂園是假的，馬戲班子是假的，汝父所登達之舞臺亦是假的囉？」女子白：「我描述那箇馬戲團的帳棚、那箇舞臺、三位疊羅漢的侏儒以及他們手中戲耍的刀刃，我失敗了，我終究無法將父親的臉擬畫得再好一些。我對你說：『他們朝父親擲刀子，我來不及閉上眼睛。』事實上是，在那一個瞬刻中，我的感知失去了效用，耳朵與眼睛，肌膚與呼吸之間攝入的嗅覺，全然觸摸不到我底父親。那一幕彷彿將我重新地鎔鑄成一箇簇新而自由的人，打那時起，我遂時常感到活著是件輕鬆的事情（如我曾向你提過的幻想：日光下，女孩或男孩吹著口哨行過一片金澄底麥田，風將哨音拐遠，直至海邊）。是的，活著多麼底輕鬆，我無論如何（無論如何悲傷、難堪、劇痛）都抹卻不了低迴（吹著口哨）於我底心中的輕鬆感。」「有些時候，那箇哨音幾乎逼得我發瘋（如熊之聽聞鎮日的雞鳴）（如哨音隔絕了我與他人之痛）。」女子說：「你能懂得的，對嗎？我不願意這樣子地活著……。」

公車此刻乃方駛過東海大學。視線穿越分隔島中的路樹，我又瞥見了那片憨默的紅磚牆、牆上嵌著的旋轉門（通向機車停車棚；而推動門時所聞得的轉軸鏽澀的嗚咽則猶如逼軋一箇不願意說話的人說話），牆內深鬱凝重的樹冠以及建物的屋頂。過去的四年間，我即是在此地讀書，並且與一個女孩建立起最好的家庭生活（我與她是同班同學，我們總是一起上學，一起放學，一起回到我們的家）。我經常想，在那份我終於擁有了的家庭生活中我是最完整、最如我自己那般地活著。女孩有一位酗酒的父親。她的父親因為肝病而緊急送醫的那段期間，她幽困在房間中不動聲色地上網瀏覽戒酒的方法、病患保健的相關訊息。她從不曾向我表達她的憂慮，那彷彿就是她深愛一個人的樣子。她至多（或是說唯一）會顯現出的情緒是憤怒。她告訴我她的父親所耍弄的詭計（將酒瓶藏諸草叢中、機車座艙內、或是寄放在鄰居家裡）是如何被她的精明強悍的母親一一識破（她的母親到鄰居家告誡他們：以後不准再讓我先生放酒了），女孩說，我不願意管他了，他想喝到死就喝到死吧（這是多麼令我心碎的謊言）（就如同當在我狀況糟糕時，她經受我的（以壓抑，或謔笑的形式流洩出來的）哀傷與死慾，她亦是同樣的態度。我因此而明白她對我的深愛）。她曾經問過我（或許她並非真正想得到答案）：「為什麼都要死了，還是一定要喝？還是不能戒酒？」我回應了她（以一些從腦神經科學的科普書中抄掇來的知識）。

我見過她的父親。她的家位於二水車站附近，在一幢已經倒閉的、占地極大的鄉村合菜餐館（棄置在彼處的大鋁盆與投幣式KTV設施給予我很深的印象）的後巷中。我們回到了她底家。她的父親請我抽菸，一再告訴我：「有空常來玩。」她底父理著平頭，頭髮是灰白的，極瘦，像是一名勉強擠擦過時間的夾隙而來到眼下底這時這刻的未來旅者。她底父眼神平和，當我與他靜默地喫煙，相顧無言之時，他便逗弄狗兒，喚狗兒底名字「小不點」。從女孩過往的言談中，我知道那隻狗兒在她底家中的重要性。她，她底母與她底父都愛那隻狗，狗（馬爾濟斯犬，白色）彷彿是承納了他們愛及憂慮及寵溺的轉遞，亦是他們互愛的見證之所。去年（二〇一一）七月間，女孩傳簡訊告訴我「狗不見了」時，我內心想：妳如今跟我一樣，都是家毀人亡的了，是嗎？如我曾不僅止一次地向我的朋友說明我何以不去自殺；原因乃是：有箇黃昏（大約四年多以前），我看見我底母親在客廳裡講手機。她的臉孔在夕日嫣紫光暈的浸染下，反差得像是一塊冰般剔透純淨。母親的衣上別著免持聽筒，受話器小巧地躲匿於翻領中，她因之（她的聲音，我依稀記得，是躁熱而雀躍的）就宛如是在向無有形體的人、不在場的人說話及調笑。我的想像力立刻告知我（以告知的形式而非感受的形式）：「那就是你自殺之後，你的母親癲狂的樣子。」

接近了沙鹿鎮了。公車輕晃著。傍晚入夜的聲響彷彿炭筆的筆觸，耳殼內窸窣騷動著細微粒子的崩落離析，彷彿即是以這些崩落作為代價，換來了緩慢疊深的黑，以及在黑色的破綻中飽滿地漲泌出光來的城鎮的夜景。這一盞盞的燈，一格一格宛如貝類般沉靜美麗且善於在水中長久存在的窗子，一戶一戶的人家，所有我所能或所不能想像的窗後人的生命與生活，曾經令我多麼徬徨悽楚。從嘉義的中正大學搭乘客運而返回臺中，車行國道三號，經南投名間而將要在草屯下交流道時，我所凝眄的也似乎是類似眼前這樣子的夜景，只是更加底溫柔，更使得我憶起童年時與母親從埔里底一處練習合唱的地點要回家的那段路程，那段仰望著星星，抱著母親，哼著歌，並且確定是要回家的路程。我記得我們租賃於埔里的屋子是間衰弱而潮濕的平房，有箇儲物櫃，櫃內置冬被。大人外出工作的時刻，我經常地躲藏於櫃中，讓厚重的被子壓住我的身體。覺得黑，覺得難以喘息，覺得濕漉難耐，覺得身體亡失了可以抵禦抑被探觸的邊界，種種的不舒適，像是我與命運立約的內容，彼時幼稺的我必然感到：如若是我喫了更多的苦頭，那麼我所愛的人便會愈快地歸返、現身，愈快地將我翻找出來。這份立約仿若是規定了整箇底我，規定了我的生，也規定了我的死。為要守約之故，我折磨我的想像力以求趨近痛苦，這是如今我深感錯待了想像力的地方，卻也是我所以企盼的，與想像力最接合無隙的關鍵樣貌。

挖掘出侏儒來底那箇少年在沙鹿鎮底十三兩臭臭鍋前下車，那是間有著絳紅招牌的食堂，店之櫥窗上張貼如下的文字：免費冰沙雪泥、免費可樂、免費冰淇淋。字樣是白色的，看起來細瘦、髒而疲倦，像是在核電廠旁的沼澤地帶擔任小學教師的鸛鳥（學生是彈塗魚、弧邊招潮蟹、水鼩、蟾蜍；如果學生不乖，就用每天在削鉛筆機裡磨得尖尖底喙啄牠們）。衣裝筆挺男與女在童綜合醫院前下車，相挽著手，步入一間敞亮的殯葬禮儀公司。這對男女，我猜想，或許是這間公司底業務員，然而他們挽手並肩暱行的親密（堅定）模樣，又使我覺得，他們說不定是打算要向全天下的殯葬業者、棺材造匠、禮儀師、火葬場管理員、法醫、壽衣縫紉者、摺紙蓮花的人、助念的宗教團體、說「塵歸塵、土歸土」的神職人員、專精於啼泣的孝男孝女（《臺灣大百科全書》記載：「孝男即往生者之子，孝女即往生者之女。在臺灣的民間習俗中，家中長輩若往生，一般而言，便由其子女輩為其致喪敬哀，但若家中無男，則請來『孝男』代為致喪；無女，則請來『孝女』代為致喪。使逝者具後嗣全備之狀，以期讓祖先們安心而能接納逝者。」）……宣布：這箇世界上已經沒有死亡了，你們通通可以回家了。

讓祖先們安心而能接納逝者。這樣的想像力令我何其費解。

我乃想起一封寫給K的舊信。

「……在我的記憶中，最美的雨天是我在讀國小或幼稚園的時候遇見的。可能是三月或四月，我爸爸帶著我和母親去掃墓，地點是在景美、木柵一帶的山上。我還小，不知道掃墓的意義，墓地裡躺著的，是我從未見過面的親人，因此我並不悲傷，我不認為爺爺死了。爺爺還活著的時候我不在這世上，而透過爸爸的描述，我似乎覺得我的出現是一種呼喚，像蝙蝠利用音波來確認物體的遠近、大小與形狀，我的出現讓爺爺以一種只對我有意義的形式重新活過來。整個掃墓的過程，我都被一種喜悅之情籠罩。那或許是一個小孩子首度明白自己在這世間有某種心靈力量。我記得那天的天空是深深的灰色，那片立著墓碑與墳塚的山坡對比於天空的深邃只像是一顆圓潤的鵝卵石，從遙處拋射過來的夕日光輝，被周遭的林木戳傷成瘀血的青色。」

「雨毫無聲息地落著，像是呵氣在玻璃上所造成的霧濕，雨似乎是趴著的，是一匹洞穴中的盲眼野獸，對洞穴外的所有人間情境都無法理解。爸媽牽著我的手，緩緩行過墓地間苔滑的石階。我記得他們走得很謹慎小心。我常常想起那樣子的步履的緩慢對我的生命所造成的影響。我時常有著錯覺，覺得只要我走得足夠緩慢了，那麼非但我將不再畏懼死亡，死亡也不可能發生。因為我的緩慢並非為了要移往任何地方（如同某些認知心理學家的觀點：幼童習得時空概念是透過物體的移動）。我的緩慢並非要移往任何地方，緩慢本身即是實體，沒有能讓時間介入的縫隙。那是如同虛構般的緩慢。一直到我確實長大到能對這一切進行反思之後，我才理解愛與死的關係：愛是死亡的顯影劑。我不愛爺爺，因此他並非在我心中不死，而是他的死無法在我的眼中呈現。幼年的我所自以為擁有的心靈力量，其實是種自我保全的機制，我的想像並不為了呼喚爺爺的形象以確認他曾經活過，而是為了避免我被那份死亡無法於生者眼中現形的，荒涼，所徹底搗毀。」

而今，當我再度檢閱這封信件（為了要說明我是如何在沒法子上網的狀況下，在一輛通往海邊的公車上讀取此email（這麼樣長）的內容，我只好在此承認（本來很不想講的）：我擁有照相機般的記憶力，而且是世界高智商俱樂部（mensa）的會員，那箇創立於一九四六年的俱樂部每年都會寄給我由印度數學家撰寫的數獨手冊以及幾張尚無有人能夠破解的，巴菲特的提款卡），我認為我說了謊。我並未在這封信中（向K）表達我的失落；或許是，當我在寫這封信時，我（不自覺地）妒恨著自己追憶中的孩子。我恨他。因此我將他底心靈力量，編造成自我保全的機制；因此我要褫奪他愛一箇素未謀面的死者的稟賦；因此我銷毀、污損他的喜悅。這是我最深的哀傷。當我於生命之中數度因為無法想像（觸碰）他人的哀傷而幾欲死去時（在如此的狀況下，自殺確實是種解脫，解脫於無能的處境，解脫於此境況中的不堪與難忍），同樣地，我亦無法想像我曾經是那樣子底一箇受造物：在該名孩子的身上，想像力無需經由愛的判決與分派即能完美地想像；在他的身上，他能想像的他即能愛，他能想像的，他即能呼喚；當他為了所想像之人之物而哀傷時，他就在他所想像之人之物的心臟中流淚、抽泣。難道真的曾經有過這樣的一箇孩子？我無法想像。

公車離開沙鹿鎮而進入梧棲。接近海邊了，我的左肩開始發痛。那是宛如爵士樂般的痛，樂手都喝茫了，他們用小喇叭打鼓，在鋼琴上淋 Tabasco 醬，輪流向低音吉他逼債。我想說說這個疼痛的由來，那是源於某次的舊傷，但是我有點懶，所以就不說了。臨港路與中棲路底交接口，那位中年壯漢（荷鋤）下車（他是在黎明新村上車的）。他底身側，是一窪感覺相當幽深的水潭。路燈的橘光照映於水面上，因霧之故而顯得迷離朦朧。當公車再度駛動，朦朧的印象倏爾消失，在我的心間，那方水潭突然地明亮起來，彷彿黑夜裡的一小塊未被取消的白天。我想著那樣子底明亮的水，便憶及一位女人，我記得她微胖的身體線條，卻想不起她的臉（頂多只能喚起我對她的酒窩底印象）（前頭說過，我有照相機般的記憶力，但時好時壞的，有時候有，有時候沒有）。

她是箇愛笑的女人。她的雇主（亦是我的雇主）曾經稱許過她的笑，說她這樣子底笑容，很得客人的緣（這句話令我難過，因，我多麼希望她底笑就僅只是屬於她底笑）。我（當時是大學生，放暑假）與她同在南投廬山的一間溫泉山莊工作（我主要負責飯廳跑堂，清理當時猶未整地完畢底周邊環境，客人多時，也得進廚房幫著；她則擔任廚師（老闆娘）的助手，有時亦端菜收餐）。在我到的數月前，她與她底沉迷於賭博（只要一領到她或他的薪水，便到霧社去玩遊戲機檯）的臺灣丈夫一同來到山莊。女人與我很有話聊。她對我說：「你長得像我堂弟，一見就很有親切感。」廚房只有我們兩箇人在的時候，她會一把搶去我正在切著的蔬菜（我像動連體女嬰的心臟分離手術那樣子大氣都不敢喘地割蔬菜），然後刷啦刷啦（花了約零點四七秒）幫我把菜切好。她說：「做事呀，就是要快。」

我將她視為姊姊般敬愛（我從未有過的姊姊）。有一天，她對我說：「其實我在老家有老公也有小孩了。」她說，本來，是要假結婚來臺工作，再寄錢回大陸的。（她住在，據她強調，廣西一箇很偏遠的山村裡頭，那裡受教育很不方便。她說她要讓她底（兩箇？或三箇）小孩有辦法讀書）她申請結婚的那段時間，遇上二〇〇三年大陸女子遭人蛇集團推入海中的事件（案件發生於二〇〇三年八月二十六日清晨四時許，臺中通霄火力發電廠前海域，兩艘快艇被臺中海巡隊包抄查緝時，船上二十六名大陸私渡女子不斷被推落海中浮沉，六人溺斃，二十人生還。臺灣警方其後在澎湖捕獲兩艘快艇的船員。檢方確認涉嫌推人下海的分別是葉天勝、柯清鬆、曾炯銘、王中興），因此她說：那陣子戶政單位查得很緊，我不得已只好跟現在這個老公一起住（先是住在苗栗，而後隨丈夫來到廬山）。（她說：我現在這個老公不知道我有老公也有小孩了。）

通常，我們工作至半夜十二點。幸運的話，我們會在晚上十一點前拖好廚房與飯廳的地，將每張圓桌都鋪上桃紅色的塑膠桌巾（像沒有縫底的大垃圾袋），然後結束辛勞的一天。我們有箇福利，可以享用山莊裡的個人浴池泡澡，泡澡是很舒服的事，但因第二天仍要早起，故也無法泡得太久，太盡興。回到員工住宿的舍房，我會讀一點帶去那兒的書，唸幾行字，尾隨文字的韻律而沉入睡眠。有幾次，我聽見她與她底丈夫在隔壁房做愛的聲音，壓抑的低吟，木地板（我們住的地方沒有床，而是睡在軟墊上）的咿軋，人的膝蓋或關節扣擊木頭、或肌膚與肌膚相互沓撞，摩擦的聲音。

某箇清閒無事的早晌，送走了最後一批飯廳裡的客人（大人與孩童；他們將要前往合歡山北峰）後，她說：「來這裡這麼久，還沒到這附近走走，你陪我去走走。」我們穿越無人戍守的門廊，經過曾有電視劇於彼取景的院落（數十位臨演穿掛艷麗虛假的原住民戲服，環著篝火手腳生硬地抃舞），划入一片清涼的樹蔭（楓樹、槭樹、緋寒櫻），便到了山莊之外。沿省道臺十四線走，路途上有賣梨的棚子、我常去購買香菸（紅色Marlboro）（也買殺口甜得宛如momo親子台的伯朗罐裝咖啡）的雜貨攤，從未見其營業的、鐵捲門深垂的民俗藝品店。臺大實驗林就在我們的左手邊。她領著我走。在我底記憶中，她所餽贈予我的難以抹滅的印象，彷彿即是她引領我前行的身影，她邁步時豐篤的足音，秀挺的背。她（不知是隨意或是早有計劃地）拐入路旁的一道缺口，踱石階而下，來到一處枝葉掩映的平臺。我們看見開闊的河灣，山與日光，明亮的水。

靜默看河。我不問她任何事（不問她：「思念妳的家鄉嗎？」、「這裡像妳的家鄉嗎？」、「何時要回去大陸呢？」不問她（或許這纔是我唯一掛懷的問題）：「妳為什麼同妳（現在的）丈夫做愛？」）。當我棲窩於舍房的軟墊上（軟墊與被褥於山夜中皆像是對我之體溫懷有敵意般的冷峭），聽她與他做愛的息響，我感到性慾（非是氣力大至足以將我彎折或悶殺的性慾，而是我可以平靜地佇眙的性慾，如眙一殘獸（「一匹洞穴中的盲眼野獸，對洞穴外的所有人間情境都無法理解」）般）與哀傷。他們（她、她底現在及大陸底丈夫（她說他是位木匠）、她底孩子）的臉孔流經我的心，極其緩慢，彷彿凌辱，有恆的咒詛，彷彿他們的臉孔在漂泛過我的心間時五官仍在鮮明地牽動泣笑，唇角之抽搐，眉的沉揚，耳的微歙，眥的裂毀……皆使我疼痛，苛癢。我的心記憶著他們的臉（無實存物可供對應的記憶，卻並非虛構。）

（他們的臉孔流經我的心。這件事於我而言確實發生過。這是記憶，不是虛構，也不是憑空的想像。）我終至無法釐清我的哀傷究竟是來自我底眼中的他們的境遇，抑或是源於，當我嘗試著定格他們，嘗試針對一箇特徵，一箇差可辨識的表情描述、說話的時候，我都絕望地明白到我的敘述所真正獲得的成就不過是搗爛他們的臉，不過是擊痛他們，並逼使他們發出一陣子的人耳能夠領收的哭號。當他們在我的心間悠悠地漂過，那神色多麼自在（即使是哀傷，亦是自在的，因為沒有人，沒有語言會去驚擾他們），我（永不厭倦地）以感受（疼痛，苛癢）負載他們的行旅，無論何其疼痛，都去負載他們，都去允諾他們經過我的心的權利與平安（這是，身為人的我所能想像的最大福祉）。那麼，寫作於我而言是什麼？寫作是不義地對待心中之臉，而後在世界上散播不義的形式；寫作是一箇人狷傲地背棄自己心中因為負載他人之臉而生的種種痛楚，而進入一個有光的世界，一個受照物洋洋得意的世界。寫作從來只與生之欲有關。寫作拒絕負載生命真實的痛楚。（我又思及，學弟M曾與我討論過，文字是這世上最有潛力貼緊靈魂質地的東西。如今我還是這樣相信，我們還是因著文字如此的潛力而愛文字，如同我們之愛某些作品，乃因那些作品彷彿（不可思議地）證明了人類靈魂的確存。）（讀那些文學作品，我常恒駭於一箇人類是如何經受言說的絕望與不義而走完她的敘述。）（我無法想像，而僅能臆度倘若是一箇寫作之人說是要獻身給文學，那麼她所獻身的對象，除了是文字或敘述的先天缺陷，除了是她拿文字搗爛心中之臉時所悲痛地湧生的償還或復仇的意志之外，不會再是其他。）

我們靜默看河（大魯灣溪或萬大南溪？萬大北溪？）。河水優柔地在山（什麼山呢？）的腳邊，繫了箇彷彿可以因著鳥羽或木葉的飄墜，便輕易曳解開來的繩結，一箇美麗的繩結，不安的，一箇在晴空下內斂地將光線一縷縷地與流水的肌理交對密織起來的繩結。狗在叫了，不是嗎？那是村人豢養的土狗，為了顧護他們底果園；或者是，不為什麼地養著，只因狗來了，就姑且地養著，餵牠們喫一些剩飯殘渣，一盆接於簷下的雨水（但常是沒有的。但狗知道哪裡的林間蟄伏著羞澀機警的氿泉）。狗在叫。衣服晾在瓦厝的前院，慢慢地推出了纖維內的濕氣（像是推出一箇尺寸不合的影子那樣）。她勾住我的手，對我說：「你是我的家人。」

就是這樣，這趟向海的旅程行將終結之際，我願意回憶於心間的畫面即是如此簡單：明亮的水；一箇異鄉人在水邊選擇了另一箇人成為她的家人（儘管這個人絲毫沒有辦法想像、觸及到她的哀傷、她的生命全貌）。不論我有多麼厭惡生命或者是不盡理解生命的道理，她的那樣子的選擇，依然於此時此刻令我感覺到溫暖，令我凜凜受著人的莊重。

港區筆直底道路。窗外是彷彿比正常規格還要放大了數倍的建物與貨櫃（還有那些妖綠的光束，像是在替月球上嫦娥的走秀打燈。嫦娥圍兔毛圍巾。她說：「我跟伐木工之間真的沒有什麼」）。我覺得自己是塊衰老的牙菌斑，啃不動琺瑯質（琺瑯質比喻周圍荒誕巨碩的景象），只好先去看牙醫（牙醫並未比喻任何東西）。公車經過了警局（警局門口停了坦克車，還有一位頭戴牛仔帽的翹鬍子正對著一株五葉松盆栽小便）、占地有十顆火星那麼大（火星表面積為1.25億平方公里左右（計算公式S=4*pai*R^2）），卻不知內裡是搞啥子名堂底工廠（工廠圍牆皆梏通電鐵網，那幾隻烤焦的香噴噴禿鷹都可以證明）、國民小學（小學操場裡的單槓有三層樓那麼高；籃球架上的籃框跟土星的光環一樣是由數十億塊碎冰與石礫組成的，那裡的孩子都在籃框上進行戶外教學，還可以常常撿到外星人不要的玩具（例如特洛依屠城記裡的那隻木馬））、船隻休憩的客店（我聽見船的夢話：「我真的沒有偷漏油！」（參考佛洛伊德對幼童尿床經驗的分析）、「你看那郵輪的火辣屁股！」）黑夜中，或亢進或囁嚅的夢之話語宛如雨滴般淋透了我枯索的聽覺。

公車繞出港區，沿著木麻黃夾道的柏油路行駛了許久底時間（木麻黃被海風颳動的聲音聽起來像一百尾章魚同時玩跳舞機），駛入市鎮，最後停在一處毫不起眼底漁埠前。「終點站。」司機說。孕婦下了車。我也起身。侏儒還留在原地（他穿著格紋襯衫、糖果包裝紙黏成的揪揪、和一雙花襪子。侏儒穿老爺褲和一雙硬底皮鞋（左右兩腳之皮鞋鞋面上各自兀立一隻半透明（如荔枝的果肉）的幼鼠），整趟旅途，他都是站著的，既沒有人同他講話，他亦未曾理會任何人。他眇注我，神情怨毒，彷彿他清楚地知道，他之所以在這裡，與少年無關，而是由於我的緣故。侏儒問：「那麼，我該去哪？」我盱椅背上漆黑的洞，心裡了然：他所來的地方，已經損壞了，如同我喜愛的瑞典攝影家Christer Strömholm 拍攝於一九四九年法國蒙馬特的一張照片，照片的正中央是塊墓碑，墓碑上破了箇好大的洞。我一直不知道該如何向別人傾訴那張照片所刺痛我的……我一直覺著自己被那幀照片責備。宛如是一段追念，一份意義，一次旅次的落成，僅是為了掩飾永在的空虛，僅是叨擾了死者或沉睡者，僅是使得生者無有歸處，僅是讓原本不需要存在的人存在，讓不需要相識的人相識，讓不需要相愛的人愛了，讓毋需感知的人有所感知……。

我對侏儒說：「對不起。」（像是對著所有在這趟人生中與我有過交會的人說）他啞著喉嚨回答：「現在說這些又有什麼用呢？」我想吻他，他別過臉，閃避了我（夜色塗消了他臉上的皺紋。他如一倔強的男孩般年輕）。我跪下來親吻那兩隻幼鼠，吻牠們的尾巴、牠們的尖鼻子、牠們的黑眼珠，牠們的頸間一圈純淨無垢的絨毛。吻牠們的時候，牠們的鬍鬚搔得我既想笑，又忍不住想哭。（我把長頸鹿木雕送給了他。）

我下車。侏儒留在車上。公車迴轉，遠離，而後便隱去了。我踅至隄邊看海，海很臭，有股雨鞋的味道，有股書法練習簿的味道，有股租車行免費提供的，被五萬箇人戴過的安全帽的味道。海小小的一塊（只比滑鼠墊大一點），被隄、夜黯的市集與漁船夾侵。海很髒，海裡漂著魚（死了，但是因為檢察官還沒來相驗，所以就擺在那邊）、鞭炮屑、菸蒂、麥當勞叔叔人偶。我點燃一根菸抽。然後又點燃一根。因為我在等海變大。變得至少像我與女孩曾經去過的，花蓮七星潭附近底僻靜海濱所見到的海那樣大，而且威嚴。或至少是像澎湖吉貝嶼的海，被石滬摟抱著的海，很溫馴的，很像是一箇因被愛而心滿意足的人。抽完第二根菸，海仍然沒有變大，海到底在幹麻？

我到一箇露天底海產攤子喫東西，因為肚子餓了，又不想喫背包裡的旺旺仙貝（咖渣咖渣吵得我很煩。）客滿，每桌都有人，只好跟人併桌。與我共桌的是一位女人，是與我搭乘同一班公車來的孕婦。她點海鮮炒麵跟烤下巴。海鮮炒麵很大盤，都快比海大了。烤下巴看不出來是魚的下巴，坦白說，我直到二十六歲那年都還不太能接受魚有下巴這件事情。我點了魚卵沙拉、細末蠔油蚵、胡椒烤小卷、海膽炒蛋、炒筍筍、紅目鯛、炒飯、蔥燒魚皮、日式鱈魚肝、招牌米血糕。點菜時，她抬起頭來與我對視，笑了一下，那並非是那種愛上我了的笑，或許是覺得，好巧呀，的笑；又或許她說不定是箇聽到「海膽」兩個字就會忍不住想噗哧笑的人。菜陸續地上來，幾乎要占滿整張桌子，我跟她說抱歉，我不曉得這邊的盤子這麼大，我以為這裡的菜是裝在600c.c.的塑膠杯裡面的，像五十嵐那樣，她說本來是的，後來因為塑化劑風波的關係，就改了。她說，沒關係，反正我都要喫完了。我邀請她喫我點底菜餚，我說，我一箇人大概也喫不完，她聳聳肩，便大方地與我一起喫那些菜。隔壁桌有人划酒拳（一箇穿花襯衫的老者與一隻面目清秀的黃金獵犬。黃金獵犬總是贏，老者連續飲了好幾杯紹興），再隔壁桌是六、七箇黑衣人點了一尾我不知其品種的大魚共食，他們盯著魚的慎重復又肅穆底模樣，像是相信魚還會活過來，並為他們主持某種公道。

邊喫東西（我又去拿了兩瓶臺灣啤酒，但她不喝），她問我：「來這裡幹麻？」我想了想，曰：「喫海產？」她撇嘴，云：「才怪，不會有人特地來這裡喫海產。」我問她：「那妳來幹麻？」她便說起她底故事，她說這裡是她底婆家，她與婆婆感情不睦，已回娘家住了很長一段時日（「我底娘家在烏日。是做印刷的。」）她說她婆婆底壞話。說她丈夫底壞話（但又補充：他其實是箇好人）。說這箇地方的壞天氣跟怪味道（「衣服都不能曬在外面，不然倒再多衣物芳香精到洗衣機裡都沒用」）。說她年輕時本來想當一位藥劑師（「考了兩年，沒考上，結婚後就不用想了。」）。說她這次回臺中，自己到榮總做了羊膜穿刺，現在在等報告出爐。她說：「我從來沒有這麼樣焦慮於一次的等待。但是我的丈夫，他完全不知情。以往他下班後，便看棒球轉播，看體育台。看網球賽，看高爾夫。」她說：「他也許應該娶球。」我聽女人說話。我對她說：「我前陣子也與我父到榮總探望一位病危的長者。」（我並非惡意地欺騙她，而是，捨不得不以謊言的形式，向她傳遞我的情感）她長得並不好看，獅子鼻，短鬈髮，圓下巴，臉頰上有一萍一萍黃褐色抑或是青色的，呈現糠秕狀脫屑的曬斑。她說她接手老爸事業的哥哥是箇蠢貨，她說懷孕令她喪氣，她沒有信心。（我問她：「對什麼沒有信心？」她遲疑著說：「孩子會活得好。」）她說她在這裡找不到工作。她說她底婆婆懷疑她偷錢。她說：「開什麼玩笑？」

我喝完第一瓶酒。對她說：「去抽根菸。」便獨自離座，再度踱往隄邊吸菸。海是同樣的狹窄，髒臭，遠方傾斜的海面上，有只正要泊岸的舢板，簡陋篷艙內點亮一盞暗紅色的燈，搖曳著彷彿持線香禱求的光軌。引擎聲逐漸地接近了，舢板藏身於某艘較大的船隻的右舷，看不見了，只能聽聞持續地擾動空氣的聲音。我底左肩仍在痛，像是有人在我底左肩胛骨裡用高速運轉的磁碟機盜拷《舞曲大帝國》（Maxi Kingdom）合輯。我想著，旅行尚未開始的時候，有箇陌生人對我說：「沒關係，我們都痛。」我想及他說的Chen Yun Zhi，想及Chen Yun Zhi或許能證明此事，他能證明，我的疼痛或他人之痛，都是存在的，都沒有於冥漠的生命中解離了一種我所想像，所深切欲求的相知相契。突然間，我渴望隨即轉身，渴望向那懷孕的女子建議：「ㄟ，要不然，妳的嬰孩就取名叫Chen Yun Zhi好了。哎呀，妳管妳老公姓啥，反正他那麼機。」我回座，喝完第二瓶酒。菜亦喫底差不多了。我堅持請客。總共是一千七百六十元。我給了兩張壹仟元大鈔，找回來兩百四十元。她說：「再見。」我也說：「再見。」

離開港口市集，沿顛陋的柏油路行一段路，再岔出那路鑽入林間，出來時，海就在那裡，較甫下車時所見之海更為荒僻，遠遠地眺看卻仍如一窪水似的。我點菸，倚著一株瘦小的茄苳樹在風裡哆嗦著把菸點燃，把菸抽完。太冷了，搞得抽菸實在不像是在抽菸，像在抽《阿拉斯加之死》這本書裡所有的破折號。抽畢菸後褪了鞋襪，將鞋（大便色帆布鞋）並襪（襪子色。80%棉、13%聚酯纖維、5%萊卡彈性纖維、2%萊卡橡膠絲纖維）置於岸緣一流木之傍。安擺得整整齊齊的，我看著很是滿意，那彷彿我將要跣足而去的地方，是幢明淨且宜於質樸過活的家屋。取出背包裡頭全數之物：瑜珈墊、籃球、L送我的乾燥捧花、美工刀、吹風機、旺旺仙貝經濟包、磁鐵。我不知道我帶乾燥捧花來海邊幹嘛，在鯨鯊的結婚典禮上當伴娘麼？我也不明白我帶吹風機跟美工刀跟磁鐵來這裡到底是想怎樣。籃球我倒是可以理解，因我一直企羨著《浩劫重生》裡的湯姆・漢克有Wilson當他底朋友。我將這些東西，同背包、同口袋裡的皮夾，同香菸與打火機一併留在岸上的流木邊。漉漉的光線中，我宛如一場單薄的雨般看地上的它們，邊看著，又同時希望自己是傘，是一個乾燥的懷抱。

海尚是有著數百米的沙地要走，也沒有關係，我對自己說，是最後一段路了。未行多遠，沙中大約是有些尖銳之物的，如玻璃破片，如鐵如木，便刺入我的赤裎的足底。我不予理會，繼續望海的方向踏去，邊吹著噓啦噓啦難聽的口哨。隨步履的起落，時間的經過，尖銳之物乃宛若深潛者似的剜我的肉，彷彿在我底肉中，它們翩躚地蝶泳，艱難地旋身，臨受了水的重，意志的無能。我聽銳物刮骨的聲音。我從來也沒有聽過這樣子的聲音，沒感覺過如斯純淨的聲音的傳導。比我的口哨悅耳多了，於是我便閉上我的嘴巴。碰著了海水了，凜冷的海水漫過我的腳背，再行得更遠，乃淹至膝蓋，待稍顛簸的浪來時，便濡濕大腿根處。我停下來。內褲也濕了，很煩，早知道我就穿L型文件夾來了。我環顧四周，感到自己此刻所佇立的地方是足夠美麗的。

燈已經遠了，隄的燈，船的燈，岸上的浮船塢的燈，彷彿為孩子唸過晚安故事後闔在床畔的書本，燈已經遠了。空氣中偶爾會飄來焚燒廢棄輪胎的味道。我曉得那便是焚燒廢棄輪胎的味道，因為我在家打坐的時候，也常點這種味道的檀香。方才腳底因銳物而肇生的傷創處，血似乎正涓涓流著，那於冬深的海水中，有一種奇異的暖意摩挲過我的足踝，血液所加予的膚觸，不知怎地令我想及人於淚水停駐眼眶之際，所睇見的一切，彼時，萬物——無論那是一只鉛筆、一箇紙鎮或是一隻鼻子上縫了鈕扣的熊布偶——皆格外晶燦，格外底濕潤，顯出了生者獨有的掙扎的樣子來，又像是憑空叫喊著什麼。我記得自己總是等待那一陣一陣間歇的如蜻蜓的翼翅般的叫喊的振幅漸次寧細，終至消失。然後眼淚滾出眼眶，滑過臉頰，它們就都不動了，也不再說話。

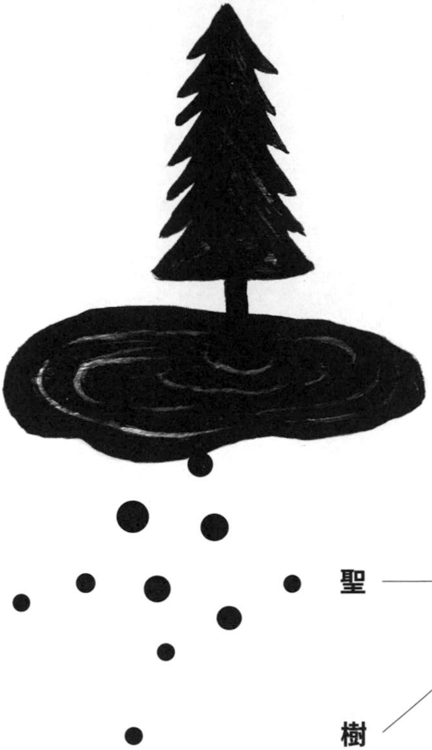

聖誕樹的故事

F望著眼前的女生，再度記起這個在他的生命中顯得極為古老的問題：

心究竟是什麼？

彷彿曾有過許多人事、許多的頓悟，

以答案的形貌陪伴他度過一些如許清透或是迷惑的辰光，

然而答案老是自然而然地潰解了或遭他遺忘。

他一無所獲，只知道面對這個問題時他是孤寂的且是恒常地感受到哀傷。

F大學畢業，退伍了以後，便一直在同一間補習班擔任作文老師，負責編訂講義並授課，每學期初得參與招生事務。工作不輕鬆，亦絕非F興趣之所在，然而F還是很快地適應並上手了。工作逾三年後，他不無驚奇地發現，自己原來是個對「累積」這件事情有所渴盼的人，在時間經久而規律地挪移中，他想自己毫無疑問地在一點一滴累積著什麼，那或許是行事的技巧、對職涯生態的領略、結識了更多的人、帳戶中的存款金額的增多，甚或僅是心頭一股淡然的倦意。累積所帶來的確鑿且踏實的感受讓F十分安心。他於生命中第一次感到，自己被授予了某種資格，一權威的聲音向他頒布：「你現在可以了無牽掛地放任自己老去了。」「不會再有人踋住你的衣領，硬是將你拉離你的人生。」F幾乎要對那聲音感激涕零。然而就在某個尋常的日子，F被喚至一小房間內，與他素日裡友好的班主任告知他下一個學期無法再續聘F。

被辭退之時，F安慰自己，沒關係的，多的是補習班，我再去找一間待著就是，那麼先前我所累積的種種便不會白費。與此種累積之思路相背反的，同樣有力卻一直遭F遏抑的思路則是拋下一切，重新開始。他恍惚而彷彿棄守了理智般夢欲著他在一嶄新的工作領域中將有所發揮，將得著豐碩的成功；他夢欲著得著愛情、家庭、兒女，永恆的青春；甚至夢欲著與至高無上之絕對者有所連結，與之締約，藉此得獲永生，那永生將如地底的水那般幽暗卻堅毅。F終止心中迤邐不絕的綺想。在公寓的窗邊，他點燃了他的PEACE香菸，極其舒適地吸著，細細顧睞窗外尋常的巷景，有牆與樹並幾部房車。F並不因意識到自己貪求的夢之眾多，而有所羞恥抑或節制的念頭，他僅是疑慮著是否方才那一長串他夢欲的事物皆有個來處，如日光發自白日，長河源於泱漭的冰川。果若是如此，那麼他想問問看那個來處「為什麼？」

無有工作以後，F遂養成了晚起的習慣。十點，十一點，醒來時，覺得陽光熟腴如蛾腹，彷彿一旦過度擠壓，便會噴濺出藻螢綠的腥臭毒漿。他吃力地揹起因久躺而鈍麻的身體，於顱內傳來的海鳴聲，更仔細去聽，那是城市主要幹道上往來行車的流逝。F坐在床沿，想自己的處境。雖則他的戶頭裡仍有上班數年之間所積攢的存款，這個把月來F卻依舊不敢掉以輕心，他日日上人力銀行增修履歷，檢視是否有公司知會他面試的訊息。以往工作忙碌時，F總幻想著哪天不用工作了，辭職了或被炒鱿魚了都好，那麼他便要出外有一趟長旅，即使身無分文亦無妨，因他有腳，且一個人所能睡的地方也不過就是一個人的身體那麼大。F沒想到真正失業竟會讓自己畏葸至此。但凡只要有公司留下面試通知，就算那是F毫不考慮的工作，他仍會相當欣悅，宛如那則幾通知便輕易見證了自己在此世非是多餘。

有時F坐在床沿想的乃是從前的事。從前的下午，若必須改學生作文那麼他就是去咖啡館。常去的有三家，一家是位在舊市區巷子裡的老咖啡館，有石砌的牆、鐵鑄鏤花窗框跟厚地毯，那間店最暗也最涼，最討F的喜歡，卻距離F家最遠。第二家咖啡店有個庭院，擺兩張木釘長桌，兩柄陽傘，庭院種植欒樹與大葉欖仁，門口有株開白花的紫薇。咖啡店老闆剛上小學的女兒有時會蹲在庭院裡玩，來來回回推一架紅色小車，或以某種F不能明白的法則將地面上的小石頭分類。第三家店離F住處最近，那間店裝潢得潮流新穎，像太空梭似的，F只有在下雨天或貪圖方便的時候才去那裡。改作文時，F總是仔細地寫評語回應學生文章中的思緒情感，卻不太在意錯別字、修辭、語法或者文句通順不通順……因此曾被家長投訴。班主任反應了投訴家長的意見，F卑微地陪不是，並表示一定會改進。從此，他會先挑出錯字，謹慎地、略帶歉意地在字的邊緣框上一個不大不小的紅圈。

若是不需要改作文的日子，那麼下午該去哪裡？F得再想想。有時候，他花了整個下午想該去哪裡這件事，覺得靈魂無憑依地流逐，直至夕日橙小，肉澀汁苦。有時候幸運地想到了某處他願意去走走，那多半是樹多之地，譬如科學博物館或中興、東海兩所大學。興大有處大陸造型的人工湖，水中鴨鵝雁等都不怕人，撒些吐司屑，牠們就聚過來，各自吃各自的，吃完也不會吵著要再添一碗，便默默走散了。F喜歡看岸邊的鵝彎折脖子，用扁喙疏整羽毛，好有耐心地蹭啄，終於理順了，卻又覺得哪裡不對勁而重頭再來一遍。整個下午，F就看著那鵝，羨慕透了，多希望自己也有渾身鮮羽拿來消磨時間。東海大學裡也有湖、有牧場牛隻。F從未到過畜牧區，他偏愛的去處是教職員宿舍，木造平房或最高二層樓的房屋漆鯨齒之白，座落在靜得如同樹木在偷偷跑動、悄悄跳躍的林子裡。屋子前有草坪、停車的小棚子，草坪不知道有沒有專人修剪，看在F眼底草總是亂亂的，這邊高來那邊低，卻擋不住他的遐想：有天要記得帶便當來此地野餐。宿舍窗口松鼠般膨鬆著長尾巴曳過F面前的是舒曼晚年為孩子而寫的鋼琴曲。無事的下午，F也逛舊書攤二手書店，並不專程去，多半是在在大學校園裡散步得累了或太熱，便輪流於學區中的幾家走走看看。他不大買書，即使買了，也多半是挑些少年時曾經讀過的書。

這一天，是F失業滿一個月的日子。他下床後拉開窗簾，外邊的天光彷彿具有重量般沉甸甸地壓在巷子口一株果實初熟的芒果樹上，於是樹便顯出駝物者的忍耐的模樣來。梳洗後便吃早點，有三兩日前買的可頌麵包；他自己沖煮了咖啡。F手沖咖啡的技術欠佳，他一邊喝，一邊搖頭。吃完麵包後他抽菸，打開電腦看人力銀行網站。一間先前投了履歷去的作文補習班通知他今天面試，F點擊螢幕中的信息圖示，細覽更多的資訊：那間補習班位在中興大學一帶，工作內容與他先前所從事的無異，在面試前尚需接受國語文能力測驗。F自信滿滿，因他視那種測驗如同飲水般簡單。面試時間是下午一時，還有四個小時左右，F決意要假設已通過國語文能力測驗，直接地進行面試的自我練習，因面試一直以來是他最不擅長亦最懼怯的要害。

他換上西裝褲、襯衫、皮鞋，花了五分鐘繫上斜紋拼矢車菊藍領帶（F覺得醜得要命，但那卻是F唯一的一條領帶），站在等身穿衣鏡前。他試著笑了一下，鏡子裡的人也笑。F感到鏡中之人比自己多了幾分陰狠、暴戾與深沉，彷彿並不打算信從賦形予它的實體。過了幾秒鐘F消失在鏡前，把燈光調亮。他重新站回鏡前，過了幾秒鐘又消失，這回穿上了西裝外套。他拉拉外套的袖口，在電影中，F看過某個義大利男星行跟自己一模一樣的動作，為什麼對方看起來便是在拉袖口，自己看起來卻像是在拯救溺水的野兔呢？F轉一轉肩頭，皺了幾下鼻子。F的前女友曾經告誡F，要他除去皺鼻子這樣的習慣，她曰，這使你顯得孩子氣、不成熟，予人輕佻、毛躁、不堪委賴重任之感。F連忙點頭稱是。當晚，F悄悄對他的鼻子說：「以後不能再皺你了，對不起，你要自己乖乖的，知道嗎？不要再做流鼻水或是冒粉刺這種孩子氣的事了。在我不皺你的這段時間中，你要學習當一個成熟的好鼻子。」後來他與她分手，他又開始快快樂樂地皺鼻子了。他的鼻子亦很歡喜她與他分手。

他在鏡前皺鼻、轉肩、鼓腮並撓耳垂。他又消失，搬來一張椅凳，再出現於鏡前，因他想面試不會是站著的必是坐著。他坐，鏡中人亦坐。他要練習自我介紹，於是他清了清喉嚨，說：「我叫F。」而後便沉默。

他起身去點菸，把菸挾在手中，坐回椅凳，再度鼓起勇氣，卻依舊只說出了：「我叫F。」幾字。他心知這樣不行，遂踱至電腦旁，查詢自我介紹的範例。網站上某篇文章教導說，應當轉化看似較為不利於自己的經歷，使之富正面意義，如：大學曾休學兩年，在外打工，令我多受磨難，且培養了甘於喫苦的品格。抑或是：幾年的職場空窗期非但並未讓我退縮，與現實脫鉤，相反的，我因加入志工，勤讀各色雜誌學報，一方面心中對社會的熱情更盛，另一方面復又能夠更為冷靜地燭照萬物，思忖人事之興衰迭變。F心想：是喔，活了近三十年非但並未讓我退縮，相反的，我對活著的熱情更盛，每天早上醒來我都迫不及待地套上跳跳虎的布偶裝，在這個世界上跳來跳去，跳來跳去，跳來跳去。F啐了一聲，將菸扔在地上踏熄。

F心中焦頹，他思之：那麼我便不直接地介紹我自己（因我與我自己之間，實在不具有直接的對視關係），而來去說說一些我的求學經歷。他睹鏡子，鏡子中的人的臉有如遭廢金屬汙染的田土般荒索。F索性閉上眼睛，默默地、專心地想著自己讀的國中。他讀的國中位在苗栗，在通往水庫的省道旁邊，校園裡頭有片桃花心林，一座由爬滿了九重葛的花架所搭蔭起來的蜿蜒廊道。每一屆的畢業生（F也是那當中的一位），在畢業典禮當天都由教師引領著，最後一次地以在學學生的身分（襟前別著一朵塑膠紅花）走過那條廊道。接著F想起E，E是他當時暗戀的女孩。國一下學期，F很偶然地在學校的走廊上遇見她。E的皮膚很白、戴當時在鄉下還不很流行的無框眼鏡、短髮、纖瘦，走路沒有聲音。他懷疑她是鬼魂，因為他從未看見她在陽光下。他忍耐著不去問他的朋友：「你們看得見她嗎？」F亦追憶起國中打籃球時與同伴在場邊睡覺的畫面，他們假日時鎮日打球，由早自晚，中午的時候累了，就仰面躺下，把上衣翻起覆蓋住臉，貪貪地睡了。F記得有天睡至一半飄起了微微的雨，F先醒，還未及將眼睛張開，將衣服理好。他繼續躺著，感覺點滴的雨水落打在他的肌膚上，大腿、手臂、肚皮、腳踝……，雨滴先是暖暖的，而後逐漸轉為冰涼。在一個相當短暫的時間裡，F感到這個宇宙只有他與這場雨存在著，此外別無他物。他感到他的身體是這整個宇宙的心臟，如果他死了，宇宙也就死去，不可能獨存。F流下眼淚，他不明白自己為何而哭，但是他悲傷地哭泣著，直到他的同伴搖他，對他說：走吧，走吧，下雨了，我們回家了吧。

F又回想高中的事。他認識的一個女孩在天橋上彈吉他給他聽，那是在高中。他忘記了她彈奏的是什麼歌曲，什麼旋律，但是他一直沒有忘記女孩子揹著吉他走路時寂寞而又堅毅的背影。他們走過無數條街，與無數的人擦肩而過，最後終於在那座天橋上停駐下來。女孩環顧四周，看這地點是好的，於是拉開背袋，像抱出一具人類的骸骨那樣子地抱出吉他。她彷彿摩娑著骸骨的眼窩般對他唱凝視的歌；彷彿摩娑著骸骨的指節般對他唱撫愛的歌；彷彿摩娑著下頷骨與上頷骨般對他唱親吻的歌；在鼻骨的後側有一對薄薄的、形狀像手指甲一樣的骨頭叫淚骨，她彷彿也長長久久地摩娑著那裡，對他唱思念的歌，對他唱懊悔的歌。坐在椅凳上，F想：也許應該帶把吉他去面試的。可惜F不會彈吉他，他的家中亦無吉他。

接著F開始回憶他的大學時期。照理說，大學時期距此刻最近，應當可以記起更多事件，更多可供追述的細節，然而F幾乎記不得任何完整的事了，他只有一個隱約的印象是春天學校教職員宿舍區的藍花楹開，美得令人屏息。他不知道如何讓藍花楹對於他自身的性格、他的專業程度抑或教養而言富有正面意義。他吸了根菸，決定試著想一想大學時修過的課。F憶得大二時曾經相當厭惡過一位教授。F坐在最前排，一而再、再而三地考慮著究竟要不要將手中的原子筆朝講臺上的教授扔去，後來F壓抑住此番衝動。他想，還是不要向面試官講述這件事情以證明自己的忍耐力，也別自作聰明，列印藍花楹的圖片給面試官看（藍花楹的花語是「在絕望中等待愛情」，F原本想，他可以把這句話加註在圖片下方，再把「愛情」二字替換成「工作」）。

十二點到了，F便騎他的車望中興大學而去。他要去面試的補習班位在一間體育用品社隔壁，是棟共有四層樓高的透天厝。一隻黑色的，像岩壁生長蘭花的隙縫那麼樣瘦的狗正在看顧著體育用品社的門梯，體育用品社內燈影幢幢，空無一人，唯有左後方的員工休息室中放出盈盈的笑語。F接近狗，因時辰尚早（大約還有半個小時才到一點），他無處可去。狗的耳朵尖得彷彿深夜湖面上的水紋，是那麼樣纖細、敏感而又悲傷。狗對F寂寥地搖了兩下尾巴，像是深知F非是壞人，只是因為太寂寞了，又無處可去。F蹲下來，摸了摸狗圓圓的頭顱。狗以沉靜的目光盯著F，狗有雙黑色的大眼睛，F覺得那就像是一對黑色的燭火，當這樣的燭火點起來了，白晝就會躲開，而愛夜晚的，或是盼望夜色庇護的人們或精靈，便會款款地聚攏過來。

F想分享一些可吃的東西給狗吃，比方說像肉片、肉骨頭或是一枚夾了鮭魚片的三文治，但是F的身上沒有那樣的東西。他往口袋裡掏，掏呀掏地，最後終於在襯衫胸前的口袋中找到一張髮廊的名片。名片不可以吃，這無論對人抑對狗來說，都是一樣的。F發愁地睄著名片，幾乎要發起脾氣，將名片粗魯地拗彎，這個時候，狗乃輕輕地朝下邊撇了一下頭，彷彿是對F說：「你擱著吧，說不定哪天，我會去那裡理髮呢。」於是F將名片在狗兒的腳掌旁擺正了，心裡頭十分感激。F還想對狗說許多的話，但此時從員工休息室內走出三兩個人，逕直朝門口而來，F遂慌亂地起身，行了段路途，避至一幢已搬遷多時的工廠外頭。

他站在排水溝邊，見溝中發臭的、鈷綠的水。F心裡想這水色多麼像一個遭遺棄的小女孩的裙襬呢。他一旦如是想，便離不開這水溝了。怔怔然佇立著，有一株枝葉殘疏的血桐樹陪伴他，替這人攔擋些許正午的日光。周圍的空氣極糟，他不舒服地吸著香菸，攝入肺中的似乎不是尼古丁而是腳底的死皮。水溝中的漿液濃稠遲滯，連幾只泡麵的塑膠袋子都沖拽不走，更遑論那些個鋁罐暨深褐色的保力達b玻璃瓶，一切彷彿都凝止了，這水流並不若尋常的水流，並不指向一個概念上的時間的他處，而是像忘懷了遠方，只慾望著與此時此地一些毫無價值的破爛拉機深情地遊玩。F耽溺於對那小女孩的想像中，他聽見她小小的腳丫子陷落在顏色詭譎的爛泥漿裡頭，發出咕嚕咕嚕的冒泡的聲音，他也看見排水溝的溝壁上那幾叢已幾近枯萎的紫背草像是小女孩的髮飾般隨著她的跳躍而一左一右，活潑地盪晃。F就心中歡悅，他感到自己同溝底的農藥罐、同路旁的機具所敗露出來的鋼鐵、同葉與石上福壽螺蝦紅的纍卵是一樣的歡悅，因為它們與他皆是她的遊戲，是她的不醒之夢，也是她被遺棄的年日之中從來沒有遺棄過她的堅固的安慰。在血桐樹形狀宛如盾牌的大葉之間，鳥啼叫著，F仰起臉去追蹤，卻未能瞧見牠們的身影。陽光像是串串的鞭炮炸裂後的碎紙屑般點點滴滴地灑墜了，灑墜在他的皮膚上，在他的眼睫毛，他微微乾燥的嘴唇上。於是他感覺到節慶。隆重的節慶朝他逼近，令他自覺渺小。

是時辰了，F步入那四層樓高的透天厝，櫃檯後方一年約三十、身材胖碩、著紫花緞面雪紡紗洋裝，身上有濃郁的柑橘氣味的女人起身來迎F，問他曰：「你是F麼？」F答：「是的，我是F。」女人遂領F並另外五位已先到場的應試者前往一房間，安排他們在各自的電腦前面坐好了。每一個人的座位左右都有隔板隔著，窺不見其他人的動靜。F瞇眼瞅著自個兒的電腦屏幕，屏幕上頭有個檔案，寫著「國語文能力測驗試題：專業級」，F瞧「專業級」三個字就緊張，但是又能怎麼樣呢？總不能喊店小二來換上一盤。女人說：「開始。」測驗便開始。測驗內容分為字音字形、應用文測驗暨作文測驗三部分。字音字形測驗占20分，應用文測驗占20分，作文則占60分。

他一邊看著題目上的稱謂語、提辭乃至於各體公文，一邊想著雲的事。白白的雲、沒有那麼白的雲、透著光的雲；晌午的雲、夜間的雲、向晚的雲；被強風颳著的雲像一頂帽子般地跑遠了。想到這裡，F輕輕笑了起來，因他不能不去想那追逐帽子的人，以及那人焦急的神態。F繼續想，夏天的雲、冬天的雲、在電影或是畫冊裡看見的雲，例如康斯坦．特斐墉（Constant Troyon）畫裡的雲和牛。在這位畫家的畫中只要有牛的地方就會有雲，這是多麼奇怪呀，彷彿他看出了兩者的肌理之間祕密的連繫。F差一點就要用腳踢踢隔壁座位那個與他一同應試的人，向他分享這個牛與雲的新發現。F開始幻想在一片一望無際的、剛剛收割過的麥田上，他枕著手躺著，滿鼻子都是乾草香，一朵十分袖珍的雲朵碰巧停在他正上方，替他抵擋了周遭其實真要說起來的話是很熾烈的日光。不知道為什麼會這麼剛好呢？但就是這麼剛好。那朵F想像中的雲像一枚鏡面上的唇印般讓他感覺心神撩亂，因為它是那麼的潔白，形狀又是那麼樣勻稱娉婷。

未經意間已答完了兩組測驗，並寫完了題目為〈釣客和漁夫〉的作文，F便再無事可做，此刻，他想著看雲（尤其是夏季午後常見的積雲）時該喝哪一種飲料會比較合適呢？是喝沒有加糖的冰紅茶好呢？還是啤酒好呢？還是喝將籽與渣質仔仔細細地濾淨了的葡萄柚汁？想著想著F覺得身體有些出汗了，好像真的看了雲，也喝了涼爽的飲料了，現下正等著風來風往將汗吹乾，等著睡眠。

他們受完測驗後女人就要他們在光線古樸的走廊上聽候面試。一個接一個地進入了房間。一男，一女，一女，一女，然後是F。F進入了房間，坐下，他說：「你好，你好。」一坐在他的對面的共有兩人，其一是個男人，長得像福樓拜，不僅臉型像，連雙眼皮的摺痕暨浮腫的眼袋都是像的；另一個是女人，身著絲質小翻領白襯衫，戴菱形框眼鏡，頭髮繞成髻盤在腦門。福樓拜問了他一些問題，菱形框亦問了他一些問題，其後福樓拜曰：「你何不來向我們介紹介紹你自己呢？」F聞此言張口結舌，久久無法吐出半句話來。菱形框鼓勵他：「犯不著拘束，隨意地說些什麼都好。」福樓拜則兀自吟詠了《包法利夫人》中的幾個段落，來打發（或是應和罷）這一段沉默的光陰：「她也許希望把心事說給人聽。可是怎麼樣說一個捉摸無從的杌隉，雲一樣改變容顏，風一樣旋轉。她缺乏字句，而且，缺乏機會，缺乏勇敢。不過，假如查理有意，假如他猜到，假如他的視線有一次和她的思想遇在一起，她覺得她的心會立刻湧出滔滔不絕的語言，好比手一搖樹，熟了的果子就墜落下來。然而，他們生命的連繫越是緊密，一種內在的隔絕倒越是把她和他分開。」

「查理的談吐和街上的走道一樣平板，熙來攘往的是人人的觀念，不加修飾，刺激不起情緒，笑，或者夢想。他說，他住在路昂的時候，從來沒有想起到劇院瞻仰一番巴黎的優伶。他不會游泳，不會舞劍，不會放槍，有一天她在小說裡面遇見一個騎馬的名詞，他就瞠目不知所對。」

「正相反，一個男子不應當無所不知，無所不精，把你誘往熱情的澎湃，生命的纖麗，一切而又一切的神祕？然而這個人呀，他什麼也教不出，什麼也不知道，什麼也不希望。他以為她快樂；她恨他那種穩如山石的平靜，那種心安理得的滯重，甚至於她賞給他的幸福她也恨。」

F終於說：「在我小的時候，曾經參加過一個暑期的夏令營。營期將要結束的那一日，所有孩童都蟻聚在販賣部中挑選玩具或紀念物，我亦在其中，與其他的孩子磨肩軋肘著，終於讓我搶得一面鏽有小熊頭像的三角旗。多麼快樂呀。我抱著旗便望出口走，卻被人惡惡攔了下來，這才知道原來取拿這些東西是要付錢的。我身上沒有錢，卻又捨不得懷裡這一面好不容易得來的，惹我喜愛的小熊三角旗。彼時我聽見前方有兩個與我大約相當歲數的男孩子向一個男人嚷求曰：『借我錢啦，借我錢啦。』男人便應允了他們。我走向前去，也對男人說『借我錢。』卻只見他們仨驚詫地瞪著我，男人問：『可是我根本不認識你，我借你錢，你要怎麼還我呢？』原來他們三人是彼此認識的。」

容或是因甫聽聞了誦讀《包法利夫人》之故，F說上面那番話，便感到他並不單只是在介紹自己，他想著，或許有人——無論是小說裡的人物，抑或是實際上存在著的人——是同當年那個夏令營裡的小男孩一樣魯莽的。他們朝一個對象開口索要，並不管那對象同自己是否處於相互認識的關係中，更不去設想償還的可能。

F曰：「我說完了，謝謝。」朝兩位面試官點頭致意，兩人亦向他稱謝，菱形框指示他出去，他便出去。走廊的長凳上還留有一個等候面試的女生。她穿墨綠色的針織外套，白色字母T恤，復古藍七分牛仔褲，牛津鞋搭配芥末黃的棉襪，頭靠著牆與柱的夾角，睡著了的樣子，唇邊有一抹銀色的發著亮光的唾液；雙手看似緊緊捏著什麼。F凝睇她，思慮著該或不該將之喚醒。身上有濃郁的柑橘氣味的女人來了，本是要催促那女孩進房間面試去了，見她那樣子睡，竟一時也沒有了主意。房門打開，福樓拜先探出身子，接著戴菱形框眼鏡的女人便擠開他，站到廊上了。柑橘女人說：「睡得好熟，沒見過睡得這麼熟的。」福樓拜說：「累了吧，還是因這板凳舒服？」柑橘女人問：「還面試麼？」菱形框曰：「等她吧，我買了一袋雞蛋糕，你們吃不吃？」福樓拜同F說：「你也吃點吧。」F說：「好。」四人於是並肩坐在走廊另一頭的長板凳上，窸窸窣窣地傳遞著一袋雞蛋糕吃。F吃了兩個，一個是芝麻口味的，一個是奶油口味的。他想該走了，遂起身告辭，留下來的人們無聲息地仰起臉來朝他揮手。

他買了些吃食與涼飲，進入大學的校園裡悠晃，有一片南洋杉樹林在他的右手邊，深沉而憂鬱，樹林中有著他觸摸不著的灰藍色，成塊成塊地湧動著，那顏色像魚跳起來親吻蜻蜓的複眼然後入水的聲音，像一個好看的瘦影子被摺成了紙飾，整個夜晚都掛在病人的窗邊。他找了張石凳坐下，吸幾管菸，吃飽了也喝足了後就去繞著中興湖畔走路，他見鴨與鵝，島上的夜鷺，鴛鴦在游水。麻雀結群地從吉貝木棉上斜斜飛落。

牽車時他又遇見那一位在面試之先睡著的女生。她坐在他的機車（車齡十年的KYMCO光陽中古車）上，雙手抱胸。他走近她，對她說：「嘿。」她瞄他，從她的神情看得出來她認得他，她亦說：「嘿。」無精打采的。他問她面試得如何？她說真是疲倦我都要睡著了。他又問她覺得不覺得那一位幫我們面試的男子長得像福樓拜？她問什麼是福樓拜？他解釋曰是個法國人，很有名麼？她略顯緊張地問，他安撫她說沒有，沒有。

女生問他：「對了，問你喔，剛剛的考試裡面，你的作文題目也是〈釣客和漁夫〉嗎？」F答：「嗯。」「媽的這種題目到底是要怎麼寫？你寫什麼？」F皺皺鼻子說：「我寫小時候跟我爸去釣魚，在我家前面的河，那是後龍溪的支流，我小時候住苗栗，高中才搬來臺中。」「那漁夫在哪？」她問。F說：「我寫在昏昏欲睡的午後，我跟我爸待在沙洲上，幾個小時地沒有說話，他除了抽菸、換魚餌、開水壺喝水之外，其餘的時間幾乎都動也不動地望著水面，我在快要睡著前，看向岸上的我家的房子，覺得那棟白牆紅瓦的房子像島，水面像海，沙洲是船。」「然後呢？」「然後我寫，童年的我想著，就算我和我爸是真的在海上那又怎麼樣呢？不會有任何改變的。我們還是不會說什麼話，他還是會動也不動地望著水面，而我還是會快要睡著。於是我就真的放心地睡著了。把釣竿弄丟了不說，還差一點就滾進河裡了。」「真是完全搞不懂你在寫什麼。」女生擰了擰自己的手腕然後說。

「那妳寫什麼呢？」F問。女生說：「我寫有個釣客去釣魚，結果釣上來一個漁夫。有個漁夫在海裡撒網，結果撈上來一個釣客。怎麼樣呢你覺得？會不會很爛？」F稱讚她：「怎麼會呢？寫得很棒呢。」她哈哈地笑，說：「其實我根本不會寫作文。我只是來碰碰運氣，要是真的應徵上了才要傷腦筋呢。」她問他：「你會麼？」F反問道：「會什麼？」「寫作文呀。」F連忙否認道：「怎麼可能？別開玩笑了。」她問F：「你之前在哪邊上班？」聽見F回答「我先前便是作文老師」時女生笑得滿懷惡意，她問F：「那你都怎麼教的，如果你根本不會寫？」F原想認真回應這個問題的。他想告訴她，他每次都對他的學生們說：作文要用心寫。然而他從來不知道心是什麼。他想告訴她他雖然不會寫作文，也不會教，但是他是喜歡文字的，他喜歡文字聚集起來的樣子，像是它們彼此之間自有一份年日悠遠、與世無涉的親密；他也喜歡文字迸散開來，失卻意義與聯繫的時刻，彷彿每一個字都無有親舊所愛，都不被收容，自由地行走在遍地都是孤兒的地上。他想告訴她，每當他在讀學生的作文，無論他們寫的是什麼，是友誼也好、是親情也好，或是一位國二的孩子寫和家人去宜蘭的福山植物園玩，在泉水邊看見的臺灣澤蘭「長得好像雪花，我好擔心它在我面前融化。」……無論那些孩子們寫的是什麼，他想告訴她他總是宛如送行之人般地懷著不捨而讀字，在啡館的座位上默唸學生稿紙上的每一個字時，他都不得不感到文字的聲音，其發響與收束，本身就是一種多麼令人悲傷的、擬造了人生的形式。如是的不捨使得他在臨對著一篇作文時，往往失落了任何判辨優劣的基礎。最後F回答：「就亂教一通。」女生聽見，乃如要安慰他似地拍了拍他的肩膀，對他說：「我懂的，生活嘛。」

F問她之前在哪邊上班？她說：我本來是個幼稚園老師，可是大約是在半年以前辭職了，因為發生了一件事。F靜默地看她，看她的耳朵，她的髮間別著的絨布面三葉草髮夾。她自隨身的包包裡取出了個約莫比撲克紙牌再大一些的鐵盒子，從鐵盒內捏出一管捲得細細的手捲菸來點燃，周圍便飄起櫻桃與白蘭地的甜香，她像個素描者般吸菸，彷彿於菸霧中孤獨地摸索圖形的陰影與邊緣。F亦點燃菸，在她的身邊一輛並排停著的機車坐下。

她問F：「你要聽嗎？我在上一份工作發生的事？這個故事跟聖誕樹有關。」「聖誕樹麼？」F應和道。他不明白何以一個人離開其工作竟會與聖誕樹有關係，興許是出於這樣子的好奇，F回答她：「想的。」此時女生反倒顯露出躊躇的神態來。她轉了轉脖子，戳了戳自己牛仔褲膝緣破口處下的皮膚，彈滅猶在燃燒的菸頭，順手將菸蒂塞入她所坐著的機車之儀表板側翼的縫隙中。F忍抑著不要告訴她：「嘿那是我的機車。」女生說：「我不知道。大概會是個半長不短，有點無聊的故事。我不知道有沒有辦法說好。」「沒關係的。」F告訴她：「我不怕無聊。」女生撇撇嘴，好像連佯裝出相信F來都嫌麻煩似的。在女生不說話時，F便分神去追視鄰近公寓的騎樓下，幾隻家燕穿飛的姿影。他想起來這個月分正是牠們育雛的季節。高中的時候F曾經寫過一份觀察家燕的生物報告。他把觀察的地點選在精武路上的舊臺中圖書館，雖然那裡壓根不是個合適的地方，因為燕子築巢的門廊很高，而且人來人往的，還有興奮的孩童伸手搶他的雙筒望遠鏡，但F就是喜歡那裡。他記得自己總是星期六的下午去，在做完當天的觀察之後，便搭電梯到圖書館十樓的影視閱覽區，站在窗邊久久地凝瞰圖書館周遭日暮的街景，樓底下街景的燈色一圈一圈的，像漣漪，也像潛泳者吐出的水泡，時時刻刻變幻著周徑，穿過了激擾的深水，在他的視線中泮渙成千萬顆幾乎要令他喘不過氣來的晶塵。

女生終於開口說話時F嚇了一跳，因他正沉湎於記憶之中。女生在機車座位上微微側過身而直面F，問他：「我工作的幼稚園在員林，是員林目前最大的一間幼稚園。你去過員林嗎？」F鎮靜下來答：「也許曾經經過過，但印象中並未專程去那邊。」「沒關係。我只是要告訴你那間幼稚園在員林的永昌街上，在育英國小附近，我就是讀育英國小畢業的。」女生又停止說話，露出迷路般瞻顧的神情，F只好自顧自喃喃低語道：「好像很多學校叫育英，真沒創意，如果是我就把學校取名叫廢才。」「這樣子沒有比較有創意的，」女生瞇起眼睛笑，接著說：「我在幼稚園工作時，常常會聽見育英國小傳來的上下課的鐘響、小朋友練習吹直笛的聲音，或是司令臺上師長的講話。有時候臺上的老師似乎是在宣布著什麼令人振奮與快樂的消息，於是我也可以聽見孩子們的歡呼聲。」「大致上來說，我很喜歡甚至是感激自己的工作的，一方面的理由是離家近，我媽媽身體不好了，我在離家近的地方上班比較方便照顧她。但我想這份工作之所以讓我那麼喜歡的主要原因，還是因為我可以聽見我的母校傳來的聲音。」「為什麼呢？」F問。

女生用手背擦了擦眼窩，像是要把此刻的光照抹淡一點似的。她回答：「這個問題我也想了很久，後來我得到了一個或許你聽來會感到奇怪的答案，我想那些聲音讓我覺得時間是一個封閉的圓，是一個圓而不是直線，什麼東西都會回來，就像我小時候聽過的那些鐘聲啦還有笛子聲，在我二十多歲時又回到我的身邊一樣。」女生停頓了幾秒鐘，觀察F的反應，F問她：「妳說的圓，是指三百六十度的那個東西嗎？」「反正就是很圓的那個圓，」女生說：「如果這樣的話，那麼你想，也許所有的變化就不過是假象罷了，所有失去的，死去的，破碎的種種全是騙局，只要懷著無止無盡的耐心一直等下去，就什麼東西都會回來。」F張大嘴巴，激切地反駁：「可是妳小時候聽見的鐘聲和笛子聲，與妳二十多歲時所聽見的並不相同。那不是回來的，是新的，是新的鐘聲，新的笛子聲。」女生莞爾答曰：「我也想過你說的。但是你不覺得耐心是剛才那一段話的重點嗎？因為你想，只要我懷著無窮的耐心一直地等下去，那麼在我臨死之際我的心可以寧靜。即使所有失去的，死去的，破碎的事物都依然是失去、死去而破碎，我將對自己說它們都在回來的路上了。」

F緘默不語，他並非無以懂得女生方才所談及的，已逝事物的歸返、稟懷著耐心，將一生鑄造為迎候歸返的形式……，只是在一個轉瞬中，F因為女生如是的思維背後彷彿刻意向他所隱匿起來的什麼而感到被排拒了，正像是女生所說，時間是一個封閉的圓……。

「一年多以前，我的班上新來了一個學生。」女生的聲音有些沙啞：「那是個小男孩，已經四歲左右了，卻還不會說話。你可能不太有概念，但其實多數的孩童在大約五、六個月大時，就已經可以透過簡單的發音與外界互動了；八、九個月大便會模仿大人說話的語調；約過一歲半以後，就能夠運用為數還不多的字彙表達自我。」F點點頭，表示理解了，女生接著說：「我與幾個同事私下都認定小男孩應該是有語言發展遲緩的狀況。雖然每個孩子發展語言的狀況略有不同，但仍是有一些標準可供參考，從那些標準來看，小男孩的語言發展與其他同年齡的孩童比較起來，確實是顯得異常。我把自己所觀察到的，小男孩的狀況告訴了他的家長。由於語言發展遲緩背後的原因是很複雜的，有可能是大腦受到了損傷，是聽覺或視覺問題，是情緒障礙或成長環境的緣故，這需要交給專業的醫療人員診斷。我希望小男孩的家人能將他帶到醫院做詳細的檢查。」「家長怎麼說呢？」F問。女生回答：「小男孩的母親，是當地一戶富有人家的媳婦，平素我不會見到她，因為接送小男孩上下學的工作是由司機負責。某一日，我請那位司機代為轉達，表示想與小男孩的家人晤面，第二天小男孩的媽媽就出現了，她坐在車子內，我站在路邊，與她談了極為簡短的話。」

F點燃了他的藍色PEACE香菸。女生向他要了一根菸，F遞給她一根，兩個人便神情蕭索地抽著香菸，彷彿抽的不是香菸，而是前方綠川的燈影。那時候是黃昏了，道路兩側的食堂開始湧現用餐的人潮。賣丼飯的小店內不時飛出幾句急促的招呼的日語。騎腳踏車的女學生在停紅綠燈時彎腰扯一扯老爺褲的褲管。他們也看見燒烤攤的火光明晃晃的，如靈巧的猿猴般由此端盪至彼端，看見那一陣一陣突地竄起來，而又很快地隱滅了的白煙。「妳跟小男孩的媽媽說了什麼？」F問。「我先解釋了一下小男孩目前的狀況，跟她說明我的判斷和建議，請她務必要帶小男孩去醫院做檢查，然後她打斷我，說：『就把他放著吧。』」F露出不解的神情，女生重述：「小男孩的媽媽說：『就把他放著吧。』」F問「什麼意思？」「我那時候也這麼問她，問她『什麼意思？』但是小男孩的母親重複道：『就把他放著吧，妳別管這件事。』隨即命司機關閉車窗，揚長而去。」

「我衝進園長室找了園長，向她反映這件事。園長——是我真正親愛而且尊敬的一位老婦人——竟也對我說了同樣的話，她說『就把他放著吧。』說『既然人家的母親那樣子說了，妳就照著做吧。』我大吼：『什麼叫作把他放著？他是一個毯子或一個杯子嗎？』園長揮手要我出去，隔天就把小男孩調離了我的班級。」

「接下來的幾個日子裡我活在熾盛的憤怒之中。我恨著周遭的一切，恨園長跟她的白髮，她廉價的染髮劑；我恨小男孩的媽媽，她臉上的粉有五公尺厚，她戴的珠寶全都是死人的陪葬品；我恨他們家的賓士車，恨那位裝模作樣的司機，他穿的西裝是跟狒狒借來的，他握方向盤的樣子像是在替土雞放血。我時常在腦中幻想著要將小男孩綁架到醫院去，或者相反的，要將一位醫師擄到我們的幼稚園來。我幻想要控告所有人：小男孩的媽媽、園長、司機，我相信一定有法條可以治理他們，等他們全部被銬上手銬送進大牢裡之後，我就要自己帶小男孩去看病，我已經想好了要帶他去署立彰化醫院，因為那附近固定有一攤我愛吃的餐車是賣米苔目的，還有賣粉粿冰跟仙草冰。小男孩上樓去看病的時候，我就偷溜下來吃米苔目。」

「是甜的還是鹹的呢？」F問。她答：「是甜的喲，裡頭加碎冰、蜜汁綠豆跟黑糖蜜。」

「憤怒持續了幾天，而後似乎緩和了下來。我開始想，也許有其他種可能性是我先前並未思慮到的，例如說不定小男孩早已經在接受診療，只是他的母親不願意讓外人知道。也或許小男孩的病狀是現前的醫學仍無法解決的，那麼，小男孩的母親所說的『就把他放著吧。』就不是刻意地不予理會了，而是出於無能為力的心情。總之，當我日漸地平靜了之後，我便養成了在下課或午休時段偷偷觀察小男孩的習慣。他已經不在我班上了，所以這不是一件容易的事情，我往往假裝去倒茶水，然後繞經他的班級的後窗邊，在那兒駐足看他。更為方便的觀察時間是在午休時，因為我們的幼稚園是讓所有的孩子在同一間大通鋪裡午睡的。每天的午休時間，我的眼神越過自己班上的那些孩子在木頭地板上橫陳著的小小身軀，目不轉睛地盯著小男孩瞧。」

「你看出了什麼了嗎？」F問女生。她歪著脖子，望向頭頂滑翔而過的白鷺鷥，以及櫸木被夜的流光浸染得如珊瑚般幽冷的枝葉，說：「也不能說看出了什麼，但是小男孩開始讓我對於很多我以為自己理所當然地明白了的事情產生疑惑。例如，他從不與其他的小朋友或是幼稚園中的老師互動，他很少對特定的事件或周遭環境的變動表達些什麼，似乎也沒有表達的慾望。我注意過許多次了，在下午兩點時，幼稚園裡的廚房阿姨會為每個班級準備點心，像是蘿蔔糕、甜紅豆湯、芒果乾或藕粉桂花糕等等的，每每當點心送到小男孩的班上，再由老師分發下去後，他手中的點心便會立即地被他的兩個同學搶走，讓人更感到過分的是，搶奪他點心的那兩個孩子大多數的時候不是為了貪嘴才搶的，他們將搶來的點心摻入水彩顏料、墨汁或是橡皮擦屑，然後再哄騙他吃下去——幸而這些惡作劇多半會被他們班級的老師及時阻止。但有些作弄是發生得太快，而來不及攔下的，例如他們趁著老師在發派點心時迅速地將已經拿到手的點心潑淋在小男孩的頭上，或是拿來汙抹他的書包。」F蹙眉，抑住怒意而問道：「小男孩有什麼反應呢？」「這正是讓我覺得疑惑的其中一個地方。從他的表情或身體的舉態，感覺不出來一般的孩子在遭遇到這樣的對待時會有的反應，像是哭鬧、反擊、尋求更有權威者的協助，或是如諂媚欺侮自己的人以求取和平或結盟等等。」

「他唯一讓我感到稍微可以想像他在做什麼的模樣，是他被欺侮的時候，會微微地踮起腳尖來，看向那欺負他的孩子的身後。」「身後有什麼呢？」F問。「並沒有特定的什麼，」一女生說：「或許因為室內是要脫鞋子的，只穿著襪子的話又很滑，所以當他踮起腳尖時為了避免摔倒，便會本能地去扶身邊的東西，可能是個上頭放了學生的紙黏土作品的五斗櫃、是架輪軸的部分已經鏽壞了的滑板車、是窗柱邊捆起來了的酒紅色窗簾或是顆早已洩氣洩了大半的、藍白條紋相間的海灘球。有一次，當小男孩踮起腳尖張望時，他的身邊碰巧什麼東西都沒有，只有一束斜斜的日光輕偎在他的額角邊，我還記得那是一束毫不起眼的纖弱的日光，透過冷氣孔的狹隙照入室內來，或許只比我的指節再寬一些些。從我的角度看過去，光束不知道為什麼帶著濕漉的色澤，彷彿植物的莖被斷然切除而汩汩地滲出汁液，那像是一束哀疼的光線，為了傾訴發源於己身的痛苦而降落到世間，它並不慾望照耀任何東西，對於自己是光這回事也沒有所謂的自覺。因踮起腳尖而將要失去平衡的小男孩像是把那束光當成了實體似地想要去攀扶它，他一次次地撲打它，拍它或撈它，可是光線並不給予他任何的回應，最後他摔跤了，發出砰然的巨響，他碰倒了教室裡的直立書櫃，繪本、陶碗、紙雕、相框散落一地，幾個孩子圍著笑他，他滿臉倘恍，老師過來了，來查看他有沒有受傷。」

F渴了，他離開他所坐的那部以鑲嵌了施華洛世奇水鑽作為廣告噱頭的摩托車，回來時手中提了兩杯冷飲，他遞給女生一杯，她便咕嚕咕嚕幾口喝完，而後連連咳嗽著。F給她買摻加了海鹽的綠蓋茶，給自己買了青茶。F問：「我還是非常好奇小男孩朝向人的背後看望，究竟是在看著什麼呢？」女生表示她亦不知道，她說：「像是對於當前的現象他並不信任，而在翹首等待遲來的東西。」她再又說及一件於貯望男孩的辰光中感到困惑的事情，即小男孩似是喜於摹擬靜物存在的樣態。起先並未明白他在做什麼，只知他長久地或趴、或坐、或臥，或蹲的，凝守於某一個物件的旁邊，興許是傘、是室內拖鞋、是老師帶至班上的星巴克保溫杯，甚至是庭院中的鳥屍或枯葉。細細觀察了一段時日，終於可以從非常微小的細節中，掌握小男孩摹擬的要點，比方說手臂垂落的弧度，臉頰與膝蓋之間的接觸面，脖子旋扭的方向抑或是緊緊閉斂起來的眼睛。F問她：「摹擬得像嗎？」她搖頭：「該怎麼說像或不像呢？我只曉得每當我意識到他又在摹擬著什麼時，便會感覺有如被極端暴力地掐住了咽喉般難受，彷彿既無法說話，也難以再攝取氧氣，再活下去。」他問她「為什麼？」兩個人似乎都沒有聽見這個問題。

她從鐵盒中取出一根手捲菸來點燃。F抽自己的PEACE菸。他轉過身，望向興大路旁一座發透冷光的候車亭，穿過樹所篩落的如簾幕般的影子，他看見吸附著鋼鐵亭身的光像是隨時都要溶滅的霜花。她說：「去年的十一月吧，不冷微涼的天氣持續了好多個日子。我還記得那些天從早到晚都沒有陽光，天空的顏色是一種令人感到格外細緻的灰，那不是那種賭氣地要把所有色彩都塗抹殆盡的灰色，而像是耗費了最深緩的心思，用水銀、蠶絲、華髮、窗櫺上的雪光、藍鶴的羽冠、石英、月光、留在鏡面上的呼吸、我在濁水溪的堤岸邊看見的菅芒花、風箏的線、霧、使用了一段時間後的美工刀刀片、銀葉菊、雲母、孩子脖子上的鑰匙、朴樹葉子後面的大盾背椿象、雪光、鹽、在夜半的古堡裡走動的盔甲……」F笑著說：「妳說過雪光了。」「是喲。」女生也笑，她說：「總之，那些日子裡的天空的顏色就像是用上面的所有的東西一層一層細細地紡織起來的灰。我看著那樣子的天色，感覺到某種羞於啟齒的深情，我覺得在這片灰色的天空下面，每樣物事都必定是造物者傾盡心力而始有的，都不是偶然，不是粗製濫造，包括我與我愛的人在內。」

「印象中那也是我母親的身體逐漸好轉的一個時期，她不再那麼鬱鬱寡歡，不再那麼沉默或是神經質地戒備於周遭的光亮與聲響。那段日子我和往常一樣準時在七點鐘醒來，平時，梳洗完畢後我便坐在客廳裡一邊看電視上的兒童美語教學節目，一邊吃牛奶麥片粥。如果當天是輪到我當娃娃車裡的隨車老師，吃完粥我就差不多要出門了。如果不是，吃完早餐後還有大約一個小時的時間我可以做家事，整理屋子，洗衣服晾衣服或到巷口等垃圾車。以往直至我出門我都不會遇見我的母親，她關在自己的房間中，或許是在睡覺或許僅是躺著發呆，我無法聽見她活動的跡象。可是就在那幾個天空是神祕的灰色的日子裡，與我清醒的時間重疊，母親唰地一聲拉開了客廳窗簾的聲音傳到了我的耳際。」

「我走到客廳，看她正在落地窗邊跟著收音機做著不知道她從哪裡、抑不知何時學來的韻律操，因為背光的緣故，起初我只看得見她的剪影，要等走得距離她夠近了我才能看清楚她的臉，她臉上有汗，沒有化妝，眉毛稀稀疏疏的，薄薄的皮膚下透著飄忽的血色，對我露出鬼靈精怪的微笑……不知道已有多久的時間我沒有見過她那樣子的微笑，最後一次看到她那樣子地笑好像是在我高二的時候，一個喜歡我的男生在我家門口徘徊，我媽在陽台觀察他，最後下樓邀請他上來。我躲在房內聽她在客廳跟他說我的壞話，心裡氣得牙癢癢的，她跟他說我不會做家事、任性、壞脾氣、說我睡覺時會磨牙，我媽還形容：就像她的牙齒坐在搖椅上拉胡琴。我記得為了這樣的比喻我憋笑憋得好辛苦，雖然我根本就沒聽過胡琴的聲音。男生走後母親來敲我的門，遞給我一張紙條，是那個男生寫的信，我媽說：我看過了，他字好醜而且愛亂用成語。她露出那種鬼靈精怪的微笑，像是整到我了，她很開心；像是她一眼就能洞穿我的心思，但是因為疼愛我，所以用微笑來遮掩自己的敏銳；也像是她的惡作劇是個擁抱，讓我跟她又重新身子貼身子地偎在一起，就像小時候她哄我睡覺，安慰我的哭泣。我伸手搶過紙條，把她關在門外。她知道我沒有生她的氣。她知道我一定會覺得溫暖的，我拿她大大小小的惡作劇沒轍。」

「那一個早晨我又看見她鬼靈精怪的微笑。她踏在瑜珈墊上，脖子裹了條毛巾，穿著一套簇新的粉紅色體育服，就如同我不曉得她是在什麼時候學會了她現在正在跳著跟隨著的韻律操，我也不知道她是在哪時候買了這套體育服的。衣服穿在她身上很好看，我想這樣跟她說，想誇讚她，就像她還盛年且讓我驕傲時我總是常常誇讚她的。那當下我卻不太敢對她太親密地說話，自從她生病之後，我們之間的關係就顯得相當緊張，她變得焦慮、無理、失卻了幽默，拒絕向我坦露任何一點她心中的所思所想，我也終於因為受挫而對她採取了疏離的態度。那個十一月的早晨，她的微笑令我於一個瞬間轟然地、彷彿將要匍匐在地而臣服般地感受到時光之輪巨闊的回歸，就像我在最開始的時候告訴過你的：『只要懷著無止無盡的耐心一直等下去，就什麼東西都會回來。』我想著，是不是時間畢竟答允了我的想像？」

「母親與我真正度過了一段清寧而又閒散的時光。我早晨固定要做的事項有了一些變更了，不用隨娃娃車去接孩童的日子，我就不再在客廳吃麥片粥，而是等待她跳完了韻律操並簡單地沖過澡之後，我騎著小五十載她到員林各處吃些美味的或是歷史悠久的小吃。有幾個攤子是名符其實的老店，是小的時候，我就曾經與她一起吃過的，像是鄰近光復停車場的一攤擔仔麵，或是中正路與南昌路口的早餐店，它的外頭是賣尋常的早點，店裡邊則賣青菜、梅干扣肉飯、苦瓜湯和味噌湯。在她吃東西的時候，我常愣愣地望著她，以至於忘了動筷子，而遭致她的奚落。她問我：有帥哥出沒是嗎？」

「在那些三十年或四十年了的老店攤中我愣愣地望著她，在我還是孩子的時候，許多許多年以前，母與女坐在相同的地方分食著淋了油蔥醬油的九重粿，或母親替我挑除掉麵湯裡我不敢吃的韭菜與豆芽菜時，我也該老是這樣子愣愣地望著她吧。唯一不同的是，這麼曠久的年歲過去了後，我彷彿看見了在我眼前的這個女人的體內，嵌存著一份從來未曾隨時日而淡去過的憂鬱，那憂鬱宛如一尊澄思寂慮的神明般地端坐在她的胸口，凝顧著我。」「什麼意思？」F問。他捏起一隻不知從什麼地方飛來停落在摩托車儀表板上的金龜子，感覺牠的翅鞘與帶著淺鉤子的腳對自己的指尖有力地抵抗，於是又放掉牠，看牠倏忽竄入溶溶的夜色中。小時候F曾見過有人將細線纏繫於金龜子的腳上，讓牠張繞一個圓圈逐飛。那樣子的遊戲令F同時感到了殘忍與艷羨。女生說：「我想我的母親有著與大多數的人母抑或人父都要截然不同的品性，她並不因有了孩子了，便去向孩子織構美善而無憾的世間，她是個多疑、固執、深深不快樂的人。」「但是妳說，她是一個經常會露出鬼靈精怪的微笑的母親。妳說妳多麼喜愛她的惡作劇。」F提出了質疑，她說：「我後來想，無論她的惡作劇的動機是為了要遮蔽她的憂鬱，或是唯有於惡作劇之時，她才不致因內在湧生的昵愛而感到難堪，那都是非常溫柔的。」

「國小，是三年級的事吧，學校裡舉辦班際的直笛比賽，我還記得我們那個年級的指定曲是電影《風中奇緣》中的一段旋律。我從小就缺乏音感，也不擅長演奏樂器，因此準備得很辛苦。有時候我一邊練習一邊抽泣著，我媽便說，妳吹得難聽死了，跟妳說吧，妳應該把笛子夾在腋下，用胳肢窩吹，這樣會好些。她的嘲諷讓我哭得更慘了。直到比賽前一晚我都還沒有預備好，我拒絕上床睡覺，把自己關進浴室，泡入浴缸，黑白雙色的直笛在水裡載浮載沉的。她把我揪出來揍了一頓，用大浴巾將我包裹起來，最後再替我把頭髮仔仔細細地吹乾。挨了她的打了，聽著吹風機溫煦體諒的聲音，我才甘願地淌著眼淚睡去。第二天一大早，半夢半醒間躺在床上，聽見她在跟誰通電話。她大概是說，我的女兒今天不去比賽了。我懵懵地想著，媽媽是在給誰打電話呢？聽著聽著才驚覺，對方莫非是我的班導師嗎？她向那位平素嚴肅駭人的女士說道：早上的時候，一隻犀牛闖進我家來，把我女兒的笛子踩扁了，我女兒也被嚇壞了。什麼？犀牛，對，四隻腳的那種，非洲的那種，什麼？我也不清楚是從哪裡來的，我可沒有寄邀請卡給牠。已經報警了，謝謝，謝謝，阿大概是警察來按電鈴了，先這樣，好，掰。」

F笑，她也笑開了，說：「長大後回憶起這一件事，我總想她是非常捨不得我的吧。她知道我這一生還要經歷更多與此相仿的事件。我會被逼壓，被求討，主動或被動地遭受諸種磨難與煉驗。或許對世間懷抱有喜樂思想的父母親會向她們的子女們說，你們所逢遇的苦厄最終會為你們贏獲光明的報償，但是我的母親她毫無這樣的希望。她唯一能做的是瞎掰一個誰也不相信的犀牛的故事。我有時候會想，或許是從她憂鬱的內心裡，那隻犀牛蹣跚笨重地跑了出來。」她伸手捏住自己的鼻樑，彷彿在抑制一個埋伏在暗處的噴嚏。F注意到她有雙多麼細而削瘦的手臂。隔了條馬路，不算遠的前方，屈臣氏外的騎樓下邊有位婦人正在審閱一落堆疊成城垛形狀的面紙盒，她兜著城垛前後左右探察，時而掘起一磚面紙盒來湊近眼下細瞧。婦人的慎密令F感覺到無比安然，他想，即便是明天匈奴人就要來攻打這堆面紙了，他也必不害怕。女生問：「說了這麼久的話，你會不會覺得很晚了？」F回答：「不會的，妳看商店都還開著。」

點燃了香菸。她吐菸時眼睛是閉上的。這讓F覺得她像是被放在誰也看不見的強光底下。女生說：「我感激時間讓我看見她的憂鬱，一再歸返的時間，帶來我對她的新的認識，儘管那認識所指向的是一直存在著的東西。我想要陪伴她、也陪伴她胸中的憂鬱，特別就是她的憂鬱。我想要讓那樣子的憂鬱不是孤伶伶的。甚至於我可以感覺到即使我們倆其中一人死去了，但是我與母親的憂鬱之間的陪伴關係並不會因此而斷滅。」她踩熄了菸，問：「你明白我在說什麼嗎？」F搖頭說：「不明白。」她的拇指頂著下巴，上下兩排牙齒咬住食指，含糊地說：「沒關係的，沒關係。」「我不懂她為什麼憂鬱，妳沒有解釋。還是說妳有，只是我錯過了呢？」她鬆開嘴，像檢視戰利品般欣悅地凝視指頭上的齒痕。她回答：「小時候有一次在夢中驚醒，於是去她的房間找她，她先是替我拭乾了眼淚，接著扭開閱讀燈，陪我玩手的影子的遊戲。好美麗，我都還記得那些影子的黑色像海豚的背鰭一樣的光亮，燈的柔光像輕輕地壓一枚琴鍵，然後似乎要花去一輩子的時間，那震顫的聲音才會真正地寂靜下來。我記得我比了簡單的狗、鴿子和蝸牛，她則牽起我的手，帶我比了大象、鹿、啄木鳥還有坦克。之後我玩起她的香水，將一個個造型簡淨的玻璃瓶子牴住了燈泡張看，光線款款流經玻璃瓶的表面，流入了滉漾著詭祕色澤的液體，似乎百般的繾綣與不捨，最後再杳無音息地霑濡出來。穿出來之後的光便不復原有的溫柔輕歡。」

「她捧起了床邊的一本書。我無法記起那是什麼書了，說不定即使在當時，我也不曾注意到她所閱讀的究竟是什麼。在我放下了香水瓶，挨蹭到她身邊撒嬌時她說：『寶寶，妳自己玩一下子吧，我很累了，沒有力氣陪妳了。』我於是背對她，與牆壁上的影子玩起了猜拳的遊戲。我不確信是因為窮極無聊了所以才這麼做，或是說彼時還很年幼的自己並不了然於影子的特性，而竟以為我與影子的猜拳是可能會有輸贏的結局的。總之，玩了有好一陣子，轉過身去，發現母親正發怔地望著我。而後回憶了起來，覺得那興許我的生命中第一次撞見她的憂鬱。可是那時候，以及那之後的很長一段時間裡我都以為是自己的愚笨的行為使得母親失望或傷心了。但其實是不可能的，不是嗎？如我跟你提及過的，她是一位對世間並不懷抱喜樂思想，毫無希望的母親，她又如何會花費心思介意我的愚笨？」F點點頭，叼起他的PEACE香菸，點著了，吸了幾口，然後問她：「坦克怎麼比？」她教他：「你將左右手重疊在一起，伸出左手的大拇指與食指；中指，無名指和小指則彎曲起來。」「怎麼看都不覺得像坦克。」F嘗試了後抱怨道。她訕笑著答：「大概你比我還笨吧。」

「就是在她身體逐漸好轉了之後，在那一段街道上的景與人皆被十一月的莫名細緻的灰色天光所和攏著的宓靜辰光裡，覺得彷彿是沉沉地明白了她憂鬱的來歷。絕不是為著我或為著她自己。那是只要是一個人毫不欺瞞地看入一個生者就會有的憂鬱吧。突然地這樣想，想及那個我與影子戲玩的夜晚她對我的凝看，而感覺到她的潔淨與可恨。像她這樣一個憂鬱的人是沒有愛人的可能的，這也包括我在內。即便做為她唯一的孩子，我也不能豁免於她的不愛。憂鬱將無法愛人的命運交遞給她，同樣的，也將不為至親所愛的命運交遞給我。如此反反覆覆地細思了好一陣子，便體悟到這樣子的交遞的共同性是如何地鼓舞了我的意志，即我想要陪伴她，陪伴她的憂鬱，那陪伴的關係在我的想像中甚至是已然超越了死生的時限的了。」F默然不語，唯有垂首俯瞅著鞋尖的面容刻顯出幾許哀戚。女生說：「或許你會把剛才我所說的話忖量成了某種補償，出於自覺不被愛之人透過了抽象或虛構的概念程序，試著要完滿她所覺知到的缺憾。我可以理解你會這樣子想，就如同最初的時候我向你敘述的那種一再回歸的時間，那種所有失去的，死去的，破碎的東西都會再返還的時間，似乎也蘊涵著補償的意味。但我相信你也該能夠理解以下的想法吧，即是當一個人的絕望踰越了她對於愛的索盼了之後，那麼真實或者虛擬，具象或者抽象，是再沒有什麼分野的了。」

「要在日常的生活中實踐陪伴的圖景，那些一幅一幅地飛掠過我的心間的圖景即便說並非是發源於愛，也該是發源於我的命運裡所僅能擁有的最堅毅的允諾了吧。我是這樣子想的。我前所未有地、發瘋地熱愛著生活。那都是一些日子，跟她在一起的日子，是日子罷了，我什麼都想不起來。也許是一個禮拜六的傍晚我們特地去逛了田尾公路花園時所看見的跳舞蘭，槐黃、洋紅、茶褐，紫斑，豹斑，各種鮮豔的顏色聚合起來，像是一群帶有惡意的小鬼頭似地爭著擰我們眼眶周圍的皮膚，我的母親她彷彿一邊笑著，一邊在忍耐著無以抵禦的疼痛。也許是下著雨的冬晨，我早早地醒了，感覺房間中既明澈而又濛暗，是冬日獨有的光的模樣。那樣子的日子，我們仍執意要去第一市場吃賴家的蘿蔔糕，我在飄瀰著濕木與鼠屍氣息的騎樓下為她扣雨衣的鈕扣，不知道是因為我的手指呵到了她脖子的癢，或是雨水鑽進了她的後頸了，只見她誇張而無聲地笑著，眼、眉、鼻，嘴都擠至一塊兒，那一刻我覺得她多麼像隻憨純的小動物，而她的天性將要使得她接納我加予在她身上的任何的對待。也許是有一次我上班回來晚了，發現她不在家，只有一盞靜弱的燈棄在客廳裡，我走向那盞燈，在燈旁坐著，燈泡將我一邊的臉頰烘得有些發燙的時候，她進屋裡來了，她問我幹什麼不開燈呢？我癡傻地指向那盞燈說：有燈。」

「十一月過去，然後是十二月。十二月在我生活著的那個小鎮上，開始於街道的細處或商店的櫥窗中看得見了聖誕節的布置，也許是些用厚紙板、玻璃紙或錫箔紙剪裁的六角形雪花，遠遠地望過去，像一隻隻無端攀附在半空，孕育著深思的大蜘蛛。我們有了過節的計劃，不是聖誕節——我與母親不過這個節日的——而是農曆的新年。她說想去鹿谷、民間，兩個地方很近，我的舅舅們住在那邊。她也說想去二水，我的外公葬在二水鄰近獅頭坑的一片西向的山坡上，那是一座安靜的墓地，淺淺的白石子圍砌起來的短垣被夏季暴雨時分濺溢上來的紅泥染成了真正好看的赭色，像個喜愛曬太陽的人的滿足的臉。小的時候，母親常帶我來掃外公的墓，一年總該有三、四次吧，她把我放在摩托車的腳踏墊上，夾在她的腿間，頭仰靠著她軟軟的肚皮，載我沿縱貫鐵路旁的道路慢悠悠地由員林騎過去二水，見了什麼新奇有趣的事物，她就停下來指給我看，例如結實纍纍的芒果樹、伏在貨車的藍影子底下餵奶的大黃狗、像個俠士那樣子落拓地立在木樁上的白鷺鷥，或是圳溝邊的沼澤地上方，因溽暑水氣的蒸騰而生出一頂小巧的像圓帽似的虹影。往往抵達了外公的墳墓所在的那片林地已經過了一個小時甚至兩個小時。」

「到了那邊，我們並不急著要掃墓，母親似乎也不鼓勵我這麼做。她暗示我從包包中取出零食來吃。忘記都是些什麼零食了，或許有王子麵、梅心糖、七七乳加巧克力、情人果乾，等等的，小時候的我很貪吃。四下靜得出奇，夏蟲也沒有叫，葉子也沒有搖曳，只有一種轟轟的低鳴在我們的頭頂上逡巡著，那是一朵雲裡儲藏著的豐沛的水正與一窪碧綠的池塘相認的聲音。只有我的手指頭笨拙地扯動了零食的塑膠袋的聲音。我彎曲著腿坐在短垣上吃東西的時候，母親就站在我前方，雙手剪在身後，動也不動地眺望著山腳下的二水鄉的聚落。那個時候即使是鄰近了火車站一帶的房屋也都並不太高，並沒有高過居民的父祖們沿著圳溝栽種的龍眼樹，房屋的牆壁多是堊色的，瓦是與陶甕一樣的顏色，令人感到屋舍中所積沉著的恍若不受攪擾的古久。鐵軌也沿著圳溝鋪展了過去，十多年以前，還可以常常見到婦女坐在溝邊的圓石上擣洗衣物的身姿，在我們所待著的山上你是看不見她們，但是倘若你坐在當時猶可以推啟窗戶的普快車經過了那一段平行於圳溝與龍眼樹樹列的路途，你就可以看見她們身上的花布衣在綠蔭與綠水交晃起來的澄靜中顯得如火一般明耀。我的母親轉過頭來，輕輕地喚我：『寶寶，來看，火車。』我跳起來，放掉手裡的食物，手在裙子上胡亂地揩了揩便奔到她的身邊牽住她。她責備我：『手黏黏的。』她的手摸起來很細滑，像是霧中的回音。火車來了，穿過了山下的那一片如松果亦如流木般星聚的群屋。不曉得是不是因為採取了俯瞰的視角的緣故，火車感覺起來像是被一股柔軟的奇想催眠著，飄浮般地經過了城鎮的上空，我們聽不見滾輪與鐵道交擊的聲音，臉頰觸不到風壓，腳底也沒有傳來月臺地板的震顫，是那麼樣輕，那麼樣不著一丁點的痕跡，火車又走了。」

「火車走了？」F問。「走了。」女生說。F咬了咬下唇，試著追問：「怎麼會扯到火車的呢？從哪邊講到火車這邊的？」「誰知道這種事呢？」女生從F的菸盒中取出一根PEACE香菸。因為兩人身上只剩下這一根菸了，於是他們輪流地抽著，很珍惜地抽著。夜有些晚了，結束了夜自習的高中生已經搭上了末班公車離開，上課上到十點的大學進修部學生以及好不容易做完了打烊後的清潔工作的小餐館工讀生，也攜帶著各自的疲倦消失在這一帶了。夜不自然地寂靜著，像個受僱去替長頸鹿粉刷脖子的油漆匠那樣子佇在木梯旁手足無措。F說：「總覺得這個夜晚似乎永遠不會結束。我都已經忘記最開始的時候妳到底是要跟我說什麼了。」女生把名符其實吸到一點都不剩的菸屁股扔掉，輕輕摩娑F的肩膀，安慰他：「不用擔心喲，我還記得的。只是有時候說著說著自然地就走遠了，好像我最終想要訴說的那個場景有一股斥力將我推開。」F說：「我也不是擔心，只是有點尿急，從好早以前就想上廁所了，可是每當我想要打斷妳時，就有一股斥力將我推開。」女生瞪他。「你知道附近哪裡有廁所嗎？」她問F。F聳聳肩，心想，校園中的某個地方一定有廁所的，再不然，也可以爬到附近的某株南洋杉上像蟬一樣愜意地灑下小便。女生說：「我帶你去吧。」

他們像一對小姐弟一樣踏過興大路上頭的斑馬線，走進了校園。他們的左手邊，惠蓀堂一樓的燈還木訥而緊張地亮著，像個約會時雙手一直捏住礦泉水的瓶子的男孩，從外邊望入這樣的燈色，令F感到隱微的心疼，彷彿在看著過往記憶中一截早已不再會引發他的困擾的成長階段。她領他由側門潛入惠蓀堂。大廳的一隅，幾名穿著跆拳道道袍的學生還在藍色軟墊上練習踢腿的動作。或許是社團要比賽了，所以才練習至這麼晚，F這樣想，他高中時也曾經短暫地加入過跆拳道社。他們經過了明亮的地方，經過了黑暗的地方，步上一段似乎爬滿塵埃與蛛網的階梯，來到了二樓。站在長廊上，沒有燈，唯一的光源來自氣窗外一株F分辨不出種類的樹，那樹像是獵食者般捕捉了建築物周圍稀薄的夜之流光，消化以後再將光線的餘渣拋入室內。空氣中飄浮著石灰粉、舊衣裳與舊辭典的氣味，好像有幾百個冷僻的字瑟縮在角落，在那兒哀怨地讀出自己的音。他們又走了一小段路，然後她停下來，手摸索著牆壁，找到了燈的開關，啪搭一聲，兩間相鄰的男女生廁所就被突如其來的強光照得如雪地般灼亮。她說：「你去吧。」他問她怎麼知道這裡有廁所，她說：「就像《牧羊少年奇幻之旅》那本書教的，如果你的膀胱真心渴望一個廁所時，整個宇宙都會聯合起來幫助你。」F遂走了進去，在最靠內裡的地方選擇了一個看起來既潔白、寂寞而又令人覺著牢靠的小便斗，對它釋放了徹夜的尿。邊尿，F邊想著雪地的事，雪地裡的動物，雪地裡的樹，還有雪地裡頭的各種動物的腳印；他想及傑克．倫敦寫的一篇名叫〈To Build A Fire〉的短篇小說，背景在極圈內的育空河流域；也想到先前在YouTube上看過的一則標題為〈it's snowing in Russia, people play jumping of the building〉（俄羅斯下雪了，大家跳樓玩）的影片。影片中幾個人由頂樓往下跳，跳至雪堆。樓約五層樓高，是連棟的公寓，樓面或許是白色也或許是灰色或藍色的，看不太出來。天空的顏色與樓面接近。幾扇窗格子的後邊纖弱地透過來金色的燈光，讓人看了想要為了那光線的美麗與憂傷而哭。人跳下來了，身體搥擊在雪堆上，發出了沉重的、篤實的聲音，像是無人能有異議的一聲宣判。然後寧靜了幾秒鐘，那跳落而鑲入了雪堆裡的人翻了個身爬起來精神奕奕地跑走了，跑得遠了，跑出了鏡頭外。唯有那聲音依然留在F的心底。

他尿完了，是很長的一泡尿。她倚著牆，雙手插在牛仔褲口袋中，面目冷峻地等他。由廁所映射至廊上的雪光薄薄的一層沾撲在她的身體上，使得她看起來像棵北國裡的樺樹。她問他：「尿完了？」F嘟噥著說：「阿不然咧？」兩個人走出校園。她提議去買包菸，於是到SEVEN，各自買菸，她買DUNHILL的薄荷涼菸，他則一樣地買藍色的PEACE。F還順便拿了UCC的無糖黑咖啡。他問她要不要喝，她答：「我才不要喝這種喝起來像田螺汁的東西。」回到停摩托車的地方，兩人拆菸，點菸，將菸深深吸入肺中。F想，她累了，畢竟她說了一個晚上的話。她也想，他累了，畢竟他聽了一個晚上的話。這樣子的對於彼此的疲倦的顧忌幾乎要使得他們立刻將對話終結。她和他都沒有想過這場談話竟會如此地漫長。她尤其感到害怕，因為打從她一開始說話，她就逐漸地被顯現了話語並不搭理她主導說話的意志、心智以及掌控追憶的走向的技術。話語彷彿握有無上的蠻力。最後，女生想：我只擁有一種終極的方向感，即我明確地知道話語將要抵達什麼樣子的收束的場合，因為正是這個收束的場合刺出了現實的時間並且讓對話得以發生。然而除卻這個既做為開端也做為終結的場合之外，除了將敘述導向那場合，將話語連綴成一個荒謬的圓之外，在這一趟述說的旅程中，我早已經失落了所有的判準。在這個夜晚，她一邊說著話，一邊哀疼地檢視自己唇邊滾落的語言：諸種意象、比喻、繁多的那些來得及或者來不及在對話時間中躍出記憶的水面而得以蒙受光照的細節。這樣子的檢視非是為要更鍛造語言以促進了修辭學意義上的美善，毋寧說，她不過是為了要實踐自苦，為了要耽溺、且饜足於自苦的慾望。女生感覺自己當她還是一個孩童時，說話與時間都與此時此刻不同。

女生對F說：「小的時候家裡浴室的牆上貼了幾片彩繪磁磚，是些宗教主題的彩繪，我格外記得其中的一片，就在毛巾架的斜上方，畫的是一位身穿紺青長袍，面容俊美憂愁的牧者，他彷彿輕輕飄著的袖管下有幾頭綿羊，羊皆望向前方，神色馴良，然而當我長久望著這些羊，卻似乎能從牠們的圓眼中察出了一股不知從何而來的輕蔑。於是我便只看他，看那位牧者。他偏側著臉，目光遠遠地落在畫面之外，像是試圖要走出那一片磁磚，走到了超越了所有的畫家的想像力的一處潔淨之地。憑著直覺，還是個小女孩的我心想那牧者是注定要絕望的，因為他就在畫中，就在畫中他被我看見，被我所認識，身在畫中即是他的命運。而我喜悅的是下面這個基本事實：他的命運與我的觀看無法分割。就是如此一個絕望者成為年幼的我的禱求與傾告的對象。那時候的說話與時間都與此時此刻不同。我萬分感激那一段或許持續了有十年之久的，有他在的時光。那個時候我何其信賴說話，那樣子的信賴令我敢於去幻想更多的事物，例如愛與有愛的生活。長大成人的過程裡頭，我感到自己所亡失的並不是對那一位牧者的信仰，因為嚴格說來，我對那位牧者從未有過信仰。而是在日子與日子的朦朦朧朧的疊影之中，我一點一滴地感覺自己用以禱求與傾告的工具，無論那是語言、歡笑、淚水、跪姿或交握起來的雙手，都是已然敗壞的東西，我揮不去這樣子的念頭，也因此我想或許自己是注定要離開對於說話的信賴以及隨信賴而來的幻想的。如同牧者有一份永恆絕望的命運，我預感也同樣的有一份命運在等待著自己，且我的命運與另一個他人的觀看無法分割。當要離開了，我唯一悲傷的是昔在的幻想的真摯。」

她繼續說話。

「我跟母親有了過節的規劃，農曆新年，那時候才十二月，但是我們想得很遠，彷彿節慶是一處讓人迫不及待前往的海濱，吸引著我們的足踝。她說想去鹿谷、名間與二水。我則說出了另外的幾個地方，例如礁溪，知本，壽豐，吉貝嶼。我且動了念頭想要帶她出國。埃及、土耳其、日本，若是她畏冷的話，則攜她前往南半球的紐西蘭。母親訕笑我：妳的年假莫非有一百天嗎？但是我覺得我哪裡都可以去，毋須考慮遠近，金錢，假期，如同曾向你言及的，在那段陪伴初癒的母親的時間裡，我前所未有、發瘋地熱愛著生活，這樣子的瘋狂的燥熱也使得我毫無節制地在一段限定時空之內放入了過多的超乎限定的妄念。母親後來便只是靜靜地聽我築造我的夢，而不加以質疑。我知道她最想去的地方就是那幾個地方，尤其是二水，那裡那麼寧謐，她雙手剪在身後，站在外公的墓前靜靜地凝睇著山下的鎮。火車來了，火車走了，像吹笛人似地拐走了整座城鎮裡頭所有的老鼠。瞪著黑色大眼珠的老鼠，如癡如醉地尾隨著火車遠離，鼠群細碎的腳步聲聽起來像退潮，像沙丘在浸滿了夕照的風裡柔柔地遷傾。我覺得我必須要干犯她，她是一隻大老鼠，不能讓她去她想去的地方，我要再拋給她更多奇思異想，我要彎折或是剁碎時空的規律，我可以從過去或未來呼求出無限的自己來給予此時此刻我無能為力給予她的愛，我覺得這就是時間唯一的定義：無窮盡的接近。無窮盡地接近一個不可被踰越與企近的愛的對象。在一次復一次，一次復一次的接近中，我終於也日益地把自己打磨成一個宛如她那樣子的憂鬱而絕望的人。可以說我是她的摹擬者了，不是嗎？我在等待她抵達我，像一場揭露，一次仁慈的抹除。

所有的摹擬者都在等待這樣子的抵達。我在等待她如摘下一朵花或吹熄一朵燄火那樣取走我與摹擬幾乎等義的生命。」

「十二月中旬，一個難得的晴和的日子，幼稚園從倉庫裡搬出來忘了是幾年前買下之後便一直使用著的人造聖誕樹，先擱在草坪中央接來水管澆洗淨了，然後讓那棵濕淋淋的樹在並不強烈的日光下晾著。我與幾個孩子坐在走廊上，晃著剛剛也順便沖了水的腳丫子看它。它真美麗，我記得我輕輕對自己說。這麼多年過去了，它還是保持著像少年一樣的羞澀的神氣，密密的、纖秀的針葉間飛舞著銀色的微小光點，一枚掉漆的星星像隻忠實的小猴子那樣趴在它的樹梢。我又聽見了附近的國小傳來的上下課鐘聲，孩子們在練習直笛，而我彷彿也在練習的行伍中。傍晚，樹被挪至大門邊，纏裹上了一圈圈七彩的小燈泡，且為它綰繫了拐杖糖、鈴鐺、保麗龍彩球與一穗一穗如流星般有著長長尾巴的紙片雪花。孩子們圍著它，發出了「哇」的驚呼，每一年，我好像總是聽到相似的驚呼，總也是在這樣子的時辰，在天色往往暗得令人措不及防的冬日的黃昏，小燈泡閃爍著，像螞蟻的觸鬚那樣子顫顫晃晃的，攪得看的人心頭發癢，孩子們與往年一樣地伸手撩弄鈴鐺，去扯樹上的糖果，接著便響起附近的老師喝止的聲音。這一切熟悉得讓我想要哭泣。我又再一次地感到自己可以信賴於這樣子的時間，循環往復，一個封閉的圓似的時間，而所有的變化都不過是假象。沉浸於感激時間的心緒中，就在這時候，看見了藏身聖誕樹後邊的小男孩。起先是瞥見他的衣角。我還清晰地記得那一日的他的衣著。不可能會遺忘的。」

「什麼小男孩？」F顯得詫異。女生便向他解釋了那樹後的小男孩乃是兩人最初談話時便曾提及過的那位小男孩。故事的中途經歷了許多轉折，F已將他忘了。他跟她討了根DUNHILL薄荷涼菸。他從未抽過這一款香菸，甫抽時，她教他先要壓破濾嘴內的一顆晶球，而後油液便會滲出並加劇了薄荷的涼沁。F照著做。兩人靜默地抽著菸。F想，抽涼菸的感覺不像抽菸，像用輕軟的娃娃音唱生日快樂歌給某個國王聽。街道上的商家泰半已熄燈。一輛社區巡邏車經過了，他們望向車內，車內的兩張漫漶的臉孔也望向他們。

女生說：「小男孩藏身在聖誕樹後邊。我先是瞥見他的衣角。那一天，他穿的是平素裡常穿的一件卡其色的風衣。那是件附有拉繩的連帽風衣，帽子的內襯——與衣服本身簡潔俐落的剪裁極不搭配的——是蘋果與草莓的圖樣。每次看到他穿那件風衣總會讓我忍俊不禁，覺得好甜美，尤其你知道他是個多麼奇怪的小孩，從不說話，不與人交談，在他的身上也覺察不出他有什麼想與他人溝通的慾望。那紅得鮮透耀眼的內襯彷彿洞開一道縫隙似地給了我一個機會想像小男孩的內在。我不太知道該如何透過語言描述我的想像。好像我的心自由地行走，跟著那些圖樣所帶給我的印象展開了聯想，我在一些地方停下來顧睞風景，風景或許來自我的記憶或虛構，這都無妨，重要的是風景中的細節，那麼多說也說不盡的顏色、氣息、聲響，那麼多宛如花瓣一樣聚錯起來又各自別轉的光，靜靜注入了我所想像的小男孩的內在中。」

F請她舉例，她便說，例如，看見那內襯，就想及小時候，我的父親尚未因其他女人而離家的那幾年，每一年的冬天，他會開車載著我與母親到苗栗的大湖去採草莓。我記得我在由員林至大湖的那段路程中總是會陷入了昏睡，因為父親的車內瀰悶著一股難聞且令我反胃的芳香劑的氣味。然而只要一到達目的地，我立刻歡快而嶄新地醒轉過來，即使車窗還是緊攏的，我卻好像已經聞到了草莓甜滋滋的芬郁，像條親切的小溪般可以讓我將手與臉都浸泡在其中。真正下了車，其實才聞不到草莓的香氣，湧入了鼻腔的是淡淡的肥料味、兜著腰包算錢的果園主人身上的汗酸味，以及路旁烤甘蔗的小販的烘爐上蒸漫過來的焦甜香。我牽著母親的手，在草莓園的埂道間興奮地奔竄，手上拿著一把我還沒有辦法握牢的小剪刀，剪刀的握柄的部分有紅色塑膠套包裹著，我不肯讓母親幫我拿那把剪刀。我在找一顆又大又紅的草莓，找到了之後，就要用那把剪刀將之剪下。我深深記得那種尋找的急切，粗魯地翻扯葉片，檢查它們是不是將我要的那顆草莓窩藏起來了，或是從這個埂道奮力跳到另一個埂道，害怕那顆草莓被別人給先一步搶走。我從未忘記過這樣的畫面，這畫面只有在夢中才會出現：我終於找到了那一顆草莓了，果然就如我想像的那樣又大又紅，我將它珍惜地捧著，手腕拗曲得彎彎的，像個教堂的拱頂似地把草莓挪到母親的鼻尖前面奉獻給她。長大之後，我還是很偶爾地會做這一個夢，在夢中，我永遠看不清楚母親的臉，因此也無以明白我的承與對母親而言究竟意味著什麼。我的手很疼了，卻又不敢妄自撤下草莓，我總是擔憂她還沒有好好地瞧一瞧這一顆草莓，嗅一嗅這一顆草莓，夢就要醒了，一想到這一顆草莓或許並沒有於她的記憶中描下絲毫的圖紋，達到了相互的交託，便要自夢中潰散消逸，我就感到難以勝受的哀傷，於是我整個身軀被凝膏在那樣子如許疲憊、難堪、進退維谷的奉獻的姿勢裡頭，直到醒來。

「這是其中一個例子，」她說：「關乎帽子的內襯上的草莓圖樣如何招引我回到記憶與夢，並從中喚起了感觸。這些感觸在我的心中沒有定向地流淌著，最後不知怎地，如我說過的那樣，靜靜注入了我所想像的小男孩的內在中。」

F感覺夜露彷彿迴紋針般別住了他的睫毛、他悄悄皺起，而後又悄悄鬆放下去的鼻翼。狗在蹩兀地嗥叫著。狗的嗥叫似乎來自極遠的地方。或許是在月亮上。或許當年阿波羅11號登陸月球的時候也攜了狗的，只是臨行前，阿姆斯壯不知道是太開心或什麼的竟忘了把狗帶走。F可以想像狗的四隻腳都套上亮錚錚的銀色太空靴，短短的尾巴用錫箔紙包起來，在月球上撒開腿奔跑，那是如何無聲而美麗的風景。因著月球的重力較之於地球來說，顯得多麼寬容，所以當狗兒輕輕一躍時，牠所達到的高度就遠比牠在地球上的任何時刻（包括體能正值巔峰的青年時期）都來得要高出數倍。有時候牠閉上眼睛，回憶著地球上一些令牠溫暖與懷念的場景——例如阿肯色州的奧沙克山區，那裡是牠的家鄉，牠思念那裡的河流與淺灘、夜裡強勁的山風、在潮濕的泥濘地上遺下腳印的狡猾浣熊以及高大的無花果樹——心想，假若在彼時，我就能夠跳得這麼高的話，我過往的生命是否就因之要增添了更為豐熾的歡愉呢？例如，我一下子就蹦上了農舍的屋頂了，那麼，那隻老趴在那兒斜眼睥睨我的虎斑花貓，是不是要驚嚇得變白貓了呢？又好比說我在豎滿了壞脾氣的尖礫的山徑上蹓得腳掌又紅又燙了，這個時候，只消不費力地一蹬，就把自己摔進了那朵距離我最近的棉花糖大白雲裡。如是反覆地擬構著相似的橋段。終於某一天，狗兒感到，當牠懷具著在月球上獲致的新能力，而於想像中不斷以近似剪接的手法造訪記憶時，這個宛若遊戲般的行徑很快地便不再能夠帶給牠牠所曾享受過的純摯的快樂，就彷彿快樂會衰老，快樂亦有它自身的躲不過的年限。另一件令狗無比恓惶的事情是：有幾次牠在追憶的旅程中怵然地驚覺，即使是在記憶裡，自己也是一隻陌生的狗了。記憶對牠充滿了敵意，記憶並不歡迎牠。記憶不歡迎一隻尾巴用錫箔紙包起來，且毛色被月光染得如香蕉果凍般詭異的狗。這個時候，狗兒便會輕輕含上眼睛，將牠遙貯著的那一顆藍色的、蘊藉著水的潤澤的星球閉斂在無盡的黑暗中，然後想，也許就這樣子把日子與日子度下去了吧，不要再嚮望地球，也不要再嚮望記憶了，因為無論於具體的或抽象上來說，都沒有了可供回去的地方。狗兒如是對自己約允：只要將那個可供回去的地方閉斂在無盡的黑暗中就好，閉斂在無盡的黑暗中，像是為了忍住一顆絕對不能夠落下來的眼淚。

F與女生聽著狗的嗥叫。他想起幾則跟狗有關的笑話。其中有一則是他與他的朋友們都很喜歡的。笑話很短：兩隻狗跑著，跑著，一隻狗轉過頭來對另一隻狗說，我累得像條狗。說這個笑話時，有時候，為了加強效果，他會吐出舌頭來，發出連續而急促的喘氣的聲音。有時候彷彿是為了要驅走一份幾乎要將他整個人給壓垮的疲倦感他才說這個笑話。他不知道如何追溯疲倦感的根源，或許來自工作、來自經濟獨立的自我要求、來自長久以來對於自己的經濟狀況的警戒、來自愛情，身體的慾望，或是來自於那些與他從不親密，他卻老是牽念著的家人。疲倦感的時間跨幅長達了將近十年或更久？他已經無法一一地數清那些歲月。F記得一件事情。是他還在讀大學的時候所發生的事。某一天，他與一位相識多年的女孩子一起去九份玩。他們是臨時起意的。兩人先是約在臺北，共同逛了信義區一幢簇新的、四處流逸著森冷的百合花香氣的購物商場，然後，忘了是由他或她提議，既然時間還早，何不搭乘火車到稍微遠一點的地方去呢？去的路程是這樣子的：他們坐區間電聯車到基隆，再從基隆搭市公車到瑞芳，最後在瑞芳一間已經歇業的麵攤外頭（地面上還留有浸泡著碗盤的鋁盆以及幾汪泛著黑光的水；豆大的蒼蠅棲止在鋁桶的邊緣，像一條寬面的絞銀項鍊上密密鑲嵌著的孔雀石）等待一班不曉得何時會來的，開往九份與金瓜石的小巴士。在火車上，他們並肩坐著，周圍擠滿了人，喧嘩著人的聲音。他們一定是親密地說著話。因為雖然他們不常見面，但是只要見面了，他們便毫無隔閡地說話。車窗外不斷跳動與閃爍的光景被站著的人體的輪廓切割至難以理解的破碎。他無法分辨自己到了哪裡，也無法看清楚眼前這些無端地聚散著的、繽麗的色塊究竟從何而來。他悲傷極了。

在基隆，他們上了公車後鑽過一群抓扯著懸吊把手嬉鬧的高中生，覓著了最末一排的位子坐下。那裡很窄，他們只得曲著膝蓋，像兩個無辜的胎孩。到了九份，他們看了那兒的夕陽，彷彿沒有實體一般，光渙散在山谷中。吃了些小吃，在那邊的巷子穿梭。要回家時他們跟著眾多一樣要下山去的遊人一同等著直達臺北的公車，是F說要等那班車的。後來車來了，F先上車，就在那瞬間，突然兩人都想起，其實他們早已經買好了基隆到臺北的火車票了呀。女孩大笑，打他。他們目送車離去。F還記得那輛公車內裡的黑，黑得像是一頓好覺的擔保似的。直到現在，F仍然常有在那輛車上獨自睡著的錯覺，他閉上眼睛可以看見自己的睡姿，看見車燈的光束平行於睡眠的水面，感覺著額頭牴觸著窗。F心想，我無法叫醒他。我對他有一種無以透過任何形式宣洩的妒意與恨。

每當F思及自身的疲倦感，他就會憶起這一趟旅程來，憶起那怪異的錯覺：自己在一輛最終並沒有真的搭上了的公車上獨自睡去；自己被自己所妒恨。就如同每當他覺得幾乎要支撐不過去了，將要被疲倦感給壓垮了的時候，他就會盼望說一說那一則狗的笑話。也許有幾位了解他的人知道，當他扮化為狗，撇吐著舌頭假裝喘吁吁的，最後講出「我累得像條狗」的臺詞時，他的內心有多麼地想要哭泣。他在這則笑話中感受到的是一種重疊。或許它的好笑或令人哀憫之處，就源於這樣子的重疊所挾帶的荒謬性以及絕望，有點像是人們聽見了某個人宣稱要製作比例尺為一比一的世界地圖時心中的感覺，人們會想，要不是他不懂一比一的概念，要不就是對於什麼是世界，他有著截然不同的界說與體認。狗彷彿押注了整全的自己來回應牠所感知到的疲累，也因此讓笑話中被喻指的疲累帶有了如祭壇般的意蘊：一個犧牲的場合；一處幻想並締結神聖的所在。F覺得那一趟九份的旅程是以相反的路徑說著與狗的笑話極為相似的道理。笑話披覆著重疊的外衣，旅程則顯現給他分離的面貌。

在補習班上班的那幾年間，F養成隨手記錄笑話的習慣，「我累得像條狗」的狗笑話便是他所記錄下來的笑話中的其中一則。他將從各處看來聽來的笑話標上日期與編號，再摘節出關鍵字以方便記憶。那一組一組的關鍵字時常帶有獨立自存的美感，將之還原成笑話，簡直像是在破壞它們的美，例如：「2009.07.24 no.17 海／死亡／小麥／海龜」、「2008.11.29 no.03 大象／痛苦／刺／安靜點」、「2009.10.04 no.21 毛巾／醫師的處方／做愛」。與朋友聚餐時，有時候F會抽出他的筆記本，從裡頭挑出一則笑話說給在場的人聽。他的好友C對F這樣子的行為感到不以為然，C說，很難想像有人會把笑話那麼刻意地記在本子上。對C而言，笑話應該是偶發的，偶然地聽見，記得，遺忘，又偶然地想起來了，再偶然地轉述給別人。F很贊同C的說法。有段時間他不敢在C面前將本子拿出來，也怯於說笑話給C聽。服膺偶然多麼艱難，幾乎像是對人的苛求。苛求源自於偶然的不可倚恃，令人躑躅難安。F必須做許許多多刻意的事情來維持他的生活的穩妥，尤其是在工作的時候。F記得剛進補習班的前半年，他是如何刻意地活著，如何刻意地勉強自己與人相處，交際，又是如何刻意地記憶他人的喜惡，然後不著痕跡地與周遭人們持繫著既不過分疏距亦不過分狎昵的關係。

上課時，F總覺得他必須每隔一段時間（或許是三十分鐘，或許是四十五分鐘，視情況而定）就說個笑話給學生們聽，這是他於工作時所行的眾多刻意事項中的其中一樣環節。說笑話對F來說既做為服務（雖則這樣子的服務並未包含在他的職務範圍內），也做為一種補償，補償學生坐在座位上聽他解說作文範例或成語故事時所不得不遭受的沉悶。這也是筆記本的來由，有了筆記本，F能夠輕易地記得笑話，更重要的是，F不會犯下說對同一個班級說兩次重覆的笑話的錯誤，他可以在說過的笑話旁邊畫記號：☆代表A班，⊙代表B班，▲代表C班。有一天，F不經意地領悟到那些正值十四、十五歲的孩子其實並不真的在意他所說的笑話究竟好不好笑。他們之所以笑，是因為他們願意被逗笑，事情就是那麼簡單。他們聽笑話時不是在聽笑話，F想，他們不是像老饕般計較著食材的產區、烹調手法的合度，或如文學獎評審那樣子精算著作品之結構與情節的合理性，而是，他們在聽笑話之前已經先被聽笑話的時光所允諾的一種自由與悠然給深深打動了。他們笑的時候，從單薄的胸膛所彈迸出的咯咯聲，以手肘推擠著鄰座的同伴，或是女孩子笑低了身子，齊肩的頭髮藏住了半張臉龐，只露出鼻尖與眉心，即使如此F依然能明確地感受到她的雀躍穿透了教室中的空氣而傳遞過來，像泉水的震盪，樹林裡的蜂群。

F覺得，那些孩子們正在無所覺察地以歡笑的形式讚頌他們還很年輕的生命，那歡笑是一旦盈溢便難以阻遏的，任何真摯的讚頌都彷若是如此。F自認為已經不再能夠了解他們的歡笑。他還記得，教書的第二年或第三年，某個暑假剛開始的日子，發完改畢的作文後，F還想講些什麼，學生卻一直靜不下來，七嘴八舌地閒聊。索性F壓下說話的衝動，點他們起來談談假期的旅遊計劃。要去的地方都不一樣，有人說要去住東部的民宿、有人要去離島、也有計劃到東北亞或歐洲的，幾個私立中學的學生哪兒都不能去，得上一個半月的輔導課，剩下的半個月正好拿來應付作業。下課前，F交代次回的作文題目是「夢想中的暑假」，他說：「如果可以不要理學校、爸媽、補習班，你們會怎麼過暑假？」話音未落教室又再度鬧哄哄像炸翻。「記住，」他一如往常提醒：「作文要……」學生們齊聲爭著接話：「用心寫。」剎那間，F彷彿逆光顛仆飛行於一張張浪般推高疊起的、明亮而年輕的臉孔之海，確信自己必將有可供著地降落的所在，那是他們口中所說的心……究竟是何物……F早已放棄深究，只衰倦地載沉載浮於學生們的活力中了。

狗的嗥叫止息了。有一段時間，四周靜得讓F感覺耳朵內有一對緘默的父子在生火。女生仰起臉來凝看近處大廈的樓面，明滅的燈宛如手指般撥捺著她的臉龐，好像她的臉是柄木吉他，是個有弦的，空洞的東西。F望著眼前的女生，再度記起這個在他的生命中顯得極為古老的問題：心究竟是什麼？彷彿曾有過許多人事、許多的頓悟，以答案的形貌陪伴他度過一些如許清透或是迷惑的辰光，然而答案老是自然而然地潰解了或遭他遺忘。他一無所獲，只知道面對這個問題時他是孤寂的且是恆常地感受到哀傷。女生繼續說話，說那一位藏身在聖誕樹後邊的小男孩。她詳盡地向F描述小男孩的衣著。描述她繞過了聖誕樹，站定在小男孩的側邊，直接地觀察他，就像以往午休時那樣子，她的凝注越過了木地板上其餘的孩子們，靜靜地落止在他的身上。她不盡明白為什麼自己的目光必須要尋索他，要去想像他的內在，彷彿非如此不可，似乎在那個孩子的姿影裡專門地為她保守了一道謎題，而她這輩子無論將經由什麼樣的路徑展轉於死生意義的賦予，最終那路徑總會靜巧地渡引她抵到孩子的面前。她詳盡地向F描述小男孩的衣著，就像是她領有無限的時間一般。她說完了風衣，紅得鮮透明耀的帽子內襯，接著敘及小男孩那日穿著的雪青色毛線衫，感覺上價格不斐卻沾滿汗漬的駝色的燈絨褲，還有他那雙磁扣式的膠底涼鞋，涼鞋的下裡邊是襪子，豆綠色的短綿襪，小男孩左腳的拇趾與食趾以及右腳的拇趾感覺上快要撐破襪子了，但是還沒有撐破，只是那幾個部分變得很薄，通過布料纖維變形的網孔，女生可以看見小男孩腳趾頭的肌膚。小男孩並沒有看她。不確定他是否意識到她的接近。冬日黃昏最後的一抹霞光像張郵票那樣子輕輕地吻在小男孩的額頭上，好像他是一封慎重的信，要將他寄發至多雲霧的遠方。

起初，女生以為小男孩是在睇視著聖誕樹。因為那是一棵多麼美麗，多麼漂亮的樹，誰不會想貪貪地多瞅它幾眼呢？它的葉間別攏著的糖果與雪花彷彿正在誘惑親近它的人，七彩小燈泡悠悠地繞繫著它，當玲瓏別緻的燈色宛如水黽般無聲息地踏過觀看者晶嫩的瞳仁時，彷彿就勾動了人們本能的對於光線和色彩的憐愛。女生想，不知道小男孩正看著什麼？是樹梢上的那顆塑膠星星嗎？或是調皮的學生黏在雪花上的超商憤怒鳥點數？他的表情如做著夢般縝密與痴迷。看著那孩子，孩子的臉上掩映著如漿果般酸沁的燈光，女生感覺胸口漲滿溫柔，時刻寧靜得令她紅了眼眶。她想，自己彷彿是被即將到臨的節日選中了，被允許了進入一個較之於現世來說，更好的世界，那兒從來就沒有過不幸，也沒有過憂愁，離別與死去。奇怪的是一旦開始有了對於那個更好的世界的想像，她就覺得掌心很滑，臉頰還有頭髮也是，腳也是，好像到處都被灑滿了嬰兒爽身粉，身體的觸覺無邊無際，似乎無法站定，只能原地打轉，或是朝前方發瘋似地滑行，直到要撞上什麼東西為止。這種殊異的知覺讓她回憶起小男孩在教室中顫顫巍巍的，幾乎要摔倒了，卻仍然踮起足尖來撲捉一束日光的畫面。女生對F說：我多麼想愛眼前的這位小男孩，以一種方式——那方式將給我，也給他帶來安穩；安穩地踏在地面上；而不再是隨時都要跌仆的可憐兮兮的樣子。那方式可以讓他專注地去觸碰他想要觸碰的東西，縱使那東西或許壓根就是永遠無法被觸碰的，例如一束纖細的日光、在山的稜線上孤單地吐火燄玩的閃雷、是出現在夢裡的紅色馬匹，又或者是我班上那個老是咬破下唇的小女孩在琴房裡反覆彈奏〈踏瓣練習曲〉的聲音。女生說：慢慢的，我所幻想的愛他的方式在我的腦海中結晶為幾幅接續著的圖片，圖片宛如版畫般有著刻深的墨色線條，但是圖片中的物體的質感卻反而因此被突出得更為明顯。我記得，聖誕樹變得更高了，原本只到我的胸口的聖誕樹現在已抽長而高過了我的頭，我得拉拔起身子才能勉強搆得到那顆星星，纏繞著樹的七彩燈泡消失了，樹看起來卻反而更炫目，更加地刺眼了，難以判斷光源何在，彷彿整棵樹都在發光，像串搖個不停的鐵鈴，我聞得見細針葉相擦磨後釋放出來的苦淡的氣息，也可以嗅到濕土與蟲蛹的氣味，彷彿那棵聖誕樹於我的想像中不僅止改變了外貌，也獲得了它的生命。然後我看見圖片中出現了自己，圖片裡頭我還是個孩子，大約八歲或九歲大，穿著碎花裙，露出兩截又黑又瘦的小腿，我仰躺在一堵紅磚牆上，臉上蓋著一本漢聲出版社出版的童書，半夢半醒的，那是個夏天，蟬在周圍的綠樹的葉叢間，像縱火犯般灼燎地叫著。我記起了那張圖片中的場景是以什麼地方為原型所構造出來的，也憶起了在那個地方曾經發生過什麼樣子的事情。那是一幢已經荒棄而無人居住的日式平房，附有庭院，離我小時候住的家很近，我常去那邊玩耍，躺在那堵紅磚牆上，讀那幾本我僅有的，我太喜歡因之早已被我翻得破破爛爛的童書。那裡也是貓咪一家散步的必經的路徑，就是那堵牆，我在的時候牠們不敢跳上來，牠們只敢急急竄過牆緣那段鋪滿了楊桃樹落葉的乾水溝，一面睜大了警戒的灰眼睛偷瞄我。我老是想要捉住牠們，四口之家，想要撫摸牠們在日光下看起來柔軟得像雪的皮毛，餵牠們喝我去雜貨店買來的小紙盒裝的牛奶——我還記得那個時候好喜歡讀一本叫《第一次上街買東西》的圖畫書，封面上就是一個抱著盒裝牛奶的小女孩，臉頰紅撲撲的，笑得很開心的模樣——但是牠們太機敏了，我永遠也抓不住牠們。楊桃樹結果的時候，果實遍落土地的時候，便嗡嗡地聚來茜紅的、黛藍的、翡翠綠的蠅類。某一天，我在樹下撿到一隻麻雀。不知道是什麼機運讓我可以看見牠。似乎受了傷，那隻鳥落在眾多大小不一、青黃褐黑的楊桃之間，看起來只像是其中一顆將要萎熟而腐糜的果實。我跳下牆，跑到牠的身邊，牠的眼睛還睜著，無邪的大黑眼，無邪得令我發抖，好像在牠的眼睛的倒映中，我變成了一個髒損的，而且永遠洗不乾淨的東西。我知道牠沒有害怕。比蒜苗再稍小一些的蠅虻在牠的身邊悠悠哉哉地踱晃著，連飛都懶得飛了，我當下便明白這些蠅類正等待著鳥的死亡，不，或許說等待是不正確的，應當說，在牠們的目光中，牠們彷彿已經將麻雀的死亡掌握得很清晰、具體、精確了，像是透過了一種觀看的方式，死亡由未來被置換至現在，至此時此刻，而對於這種蠻橫的視生命於無物的置換我是一點辦法都沒有的。我嚎啕大哭，一路哭著回家，掌心裡捧著那隻奄奄一息的雀鳥。我的母親告訴我像這樣子的鳥被人們拾回家之後是不可能存活下來的。她說：而且，寶寶，妳看牠的這裡是不是被什麼動物給咬了。母親撫娑著鳥兒的腹部。我不敢看。她要我去洗手。我對母親說，牠會活下來的，因為我愛牠，因為我非常地愛牠。在浴室中，我又看見了彩繪磁磚上的那位身著紺青長袍、面容俊美憂愁的牧者，我跪下來，一以往常我哀傷時那樣子，想向他說話或禱求。我對他的呼告與我對母親說的無異，無非是說，請你讓麻雀活下來吧，因為我是那麼樣愛牠，因為如果說牠最終死了，那麼我的愛必將隨之死滅，就像我自己死去了一樣——你聽得出來話語之中脅迫的意味——如今我想，彼時那個稚幼的我，還不懂得人是可以心無所愛而存活於世間的；是我輕看了人的堅忍。我對牧者說完話後，便打濕手，揩上肥皂，仔細搓洗，於水下滌淨了從鳥身上沾來的不知道是泥汙或血汗的斑漬，回到客廳去找母親。母親已經讓鳥在一個正方形的紙盒裡歇憩。我湊近看牠，牠很是虛弱的模樣，翅翼上的羽片歧岔凌亂，小小的胸腔不規律地抽顫著，彷彿連空氣於牠而言都已是種難以吞嚥的固體。母親在鳥的腳邊擱了條眼鏡布，是塊粉紅色的布，帶有波浪邊，上頭印了鎮上一間眼鏡行的店名。我們家沒有人近視，所以我好奇地想問母親那布是從哪兒來的呢？我來不及問，因為鳥再度吸引了我的注意。牠的黑色大眼睛比我初撿到牠時似乎變得更幽邃而神祕了，看起來萬分地哀憫，對於一切，對於我、母親、正方形紙盒以及眼鏡布、失去了光澤的羽翅，胸腔不由自主地在搐搦⋯⋯。我投入了母親的懷中，哭著，沒有辦法停止我的眼淚。睡著了，醒來了，醒在自己的房間裡。一襲綠色的窗簾的淡影像一張姑婆芋的大葉子那樣子覆蓋著我。才入夜不久，新月掛在苦楝樹的樹梢上，天空還微微亮著雕像般冰涼的光芒。我和母親到鎮上去吃拉麵，那時候拉麵在員林還是很新奇的東西，我們倆都沒有吃過拉麵。拉麵店剛開幕，可是卻沒有什麼客人，當時我想，一定是因為門楣上掛著的那幾顆大紅彩球太嚇人的緣故。我們合吃一碗豚骨牛奶拉麵。母親問我，妳覺得好吃嗎？我回答：我覺得還不錯呀但是裡面沒有牛奶。拉麵店的店長過來跟我們打招呼，送給我們一人一碟泡菜。店長是個說話的聲音像貓一樣尖細、眼睛小而浮腫，皮膚白皙，似乎有點神經質的男人。跟我們家附近一隻常被主人虐待的貓咪小咪感覺上很像。母親說，以後我們就叫他小咪店長。小咪店長送來的泡菜有股怪味道。母親又說，可能是在冰箱裡冰得太久了。我們吃完晚飯，便晃至員林國小附近散步，因為那家拉麵店開在林森路上，距離那裡只有兩三條街遠。母親與我慢悠悠地緣著校園的矮牆行走，偶爾，會有遛狗的人或慢跑的人面對面朝我們接近，我們遂讓到路旁，讓到紅磚道的邊緣，或是我跳到空心磚砌成的花圃上，單腳站立著，看他們經過。有些時候他們和我們似乎同時靜止了，視覺上，在我與他們之間，彷彿橫亙着無窮盡的，不可跨越的空間，令人絕望的空間，我從來不知道為什麼會如此，只知道那種錯覺往往一下子就如同煙般消逝了，對向來的人與母親和我交錯，而後踅遠。米色的繩索，狗的尖耳，溜狗的男人的啤酒肚，慢跑的人繞在濕答答的手腕上的蛋型記步器……在錯覺消失之後，這個失而復得的世界裡的細節對我來說繁密得像是謊言。母親帶我指認校園裡外的樹木，它們的名字如今我已忘得許多，只記得幾種較為特殊的，例如水黃皮或是光蠟樹。我們沿林森路望南邊走，遇見三民東路後左轉再接上大同路，繞學校一周，之後回到拉麵店的騎樓下，停摩托車的地方。母親帶我去鳥園買要給麻雀吃的飼料。店主人是個留有鬍髭的男人，理三分平頭，年約四十歲，我和母親進門時，他正坐在切靜了聲音的電視機前扒一份看起來早已冷掉了的排骨便當。店內光線濛濛的，並不很亮。在我們的頭頂上掛著一個個鳥籠，籠中有各色鳥，我認得的有牡丹鸚鵡、八哥、白文鳥、十姐妹，還有好像塗著腮紅一樣的玄鳳鸚鵡。店主人聽母親描述麻雀的狀況後，告訴我們成鳥的麻雀是很難養活的，他說：野生的，自由慣了的生物是很難被關著養的。牠有可能會撞籠子自殺，或故意讓自己在水盆裡淹死。店主人不願意賣飼料給我們。他堅稱：妳們買了也只是浪費錢而已，為了麻雀好，還是不要養牠。男人盯視著我，似乎想要拿我當例子，編造出一個故事來勸服我打消豢養那隻麻雀的念頭——日後，我追溯起記憶之中的這一段落時，總會猜度那男人想要跟我說的，究竟是個什麼樣的故事——後來他僅是靜默，繼續低頭扒起了他的排骨飯。回家後，我立刻衝到紙盒邊看鳥。鳥顯得累，眼珠子也不再輕靈地流眄周遭的聲光與動靜，我想這大概是由於入夜的關係，大部分的生物到了夜間便要是如此的。那個晚上我懷著愛牠的心志睡去，我深信無論是店主人、母親，甚至是浴室磁磚上所畫的那位牧者，都沒有辦法領會、或想像我對那隻雀鳥的愛。那一夜，我懷著自己所創造出來的孤寂感沉沉入眠，像個孩子帶著宛若窒息似的熱切環抱另一個無論相貌、身高、年齡、氣質皆與自己極為相似的孩子，於環抱的過程中，相似性由外部鑽竄入私密的內在，尖銳地鑿過兩個孩子的心，使得他們在感知了疼痛的同時，乖謬地意識到疼痛漫越了身體的界限，如音樂般在兩雙耳朵間流通。記認那段痛覺的旋律成了孩童埋藏得最深的夢。爾後，每當我在一些宗教籍刊上讀到「至福」二字時，就會不由得憶起了那一個夜晚。當我對你提及「我多麼想愛眼前的這位小男孩」時，那個時候我心中的愛的圖式——如若我確實已虛妄到認為我可以透過幾個簡單的幾何圖形來表現人世間的愛——或許已經與當初那個小女孩對於一隻傷病的雀鳥的愛有了極大的差別。你記得我跟你描述過的那棵變形而抽長，發亮的聖誕樹？當我注視著小男孩，那棵聖誕樹浮現於我的腦海，以它作為主要的背景結晶為幾幅圖片，而圖片如版畫般有著刻深的墨色線條？那棵聖誕樹以紅磚牆邊的楊桃樹──幼年的我拾著麻雀的那棵樹──為原型，被我的心所擬塑。在由那幾幅圖片所限制與展示的情境中，小男孩或許代替了鳥兒的位置，我不清楚他與鳥之間的共通處，只知道或許因為聖誕樹魔幻地聳巨了的關係，從比例上看來，小男孩嚴重地縮水了，變得彷彿可以被我捧納於掌心。我確實地捧著他了。只是我不再如當初捧著麻雀那樣子急著要帶他回家，不再為他哭泣，亦不再為他心中悲傷。至福的夜一去不返。在我的心中，我凝顧著聖誕樹，感到那裡，持續地發出亮光的，便是我可以安放小男孩的地方。我憑直覺而了悟了那棵樹上即便盤繞了時間，那也不是屬乎我們這個世界的時間；即使樹上有靈魂，那靈魂也只慾望著與同棲在樹上的靈魂溝通，而不願意跟我們有所相涉；即使樹能夠為一個心靈所知覺或想像，但是由知覺或想像所企至到的無論如何精細的形廓皆只是預設了內核的無可抵達。我感到，將小男孩放在樹上，某個意義上來說，是將他徹底地送往了一個不具有可見性的所在，我連祝福他都不再可能，因為我們都明白祝福是如何地根源於共在，縱然不是肉體、意識抑或心靈的共在，至少該說：果若所有生者都被經驗所收領，那麼在經驗的國之中，生者同為血親的事實便已牢固地守諾了我們相互祝福的本能。真正令我哀傷的，是在那貯睞了聖誕樹的時刻裡我想我可以接受被取消了祝福他的資格的一生，這是沒有關係的，非因我對小男孩無情，而是我恍恍惚惚間，好渴望，好渴望安靜。」

「在我的想像中，於最後一幅腦內圖片，我將小男孩安放到樹上了。」女生說：「最初看見他佇立於聖誕樹旁的時候，我曾經自問，小男孩究竟在看著什麼？那一日之後，我想，或許不是的，正如我早先的觀察，在那一時刻中，他極有可能是在摹擬著某物，興許是聖誕樹上的某一樣飾品，是拐杖糖多彩的弧形，或是一柄塑料所澆製成的、錢幣般大小，永不會真正流淌出樂音來的豎琴。我說過，每當意識到他在摹擬著什麼時，我便會感覺有如被極端暴力地掐住了咽喉般難受，彷彿既無法說話，也難以再攝取氧氣，再活下去。這麼說起來，該是我的想像將我贖救於那樣子的必定是會蒙受苦楚的境地了，是嗎？」F沒有答話，夜全靜了，菸絲熖燃的聲音聽來格外清晰。

她雙手交臂，肘部斜揹在摩托車的儀表板上，F望著被她繃扯得有些失形的針織外套，無端地想起第一次遇見這個女生的場景，是在等候面試的走廊上，她的頭靠著牆與柱的夾角睡著了，唇邊一抹唾液，雙手看似緊緊揑著什麼。柑橘女人看她，說，睡得好熟，沒見過睡得這麼熟的。

「故事結束了。」「是麼？」F喑啞地回應。「之後我就辭去幼稚園的工作，搬離了員林。我跟我媽說等我在臺中一切穩定了便接她過來住，但是她似乎並不十分樂意，因她在鎮上，早已有了自己安排得很是恬適的一份生活。每個早晨，她在我嬸嬸經營的早餐店裡幫忙。一個星期中有兩個下午她到社區大學上茶道課；三個午間或晚上則到彰化基督教醫院擔任志工。有一天，她要我教她怎麼將數位相機中的照片上傳到臉書。一邊教她，我一張一張細細地瀏覽她拍的照片，好奇於我不在她身邊時她的眼中所觀見的光景。她拍攝的是醫院裡的音樂會。在等候批價與領藥的大廳一隅，一位身穿米灰西裝，頭戴格紋獵帽，鬢角斑白的老先生燕坐在圓鐵凳上，面容閒散地彈奏手風琴。他的面前聚攏了十幾位聽眾，有孩子、青年男女、拄著助行器的人、外籍看護、孕婦，也有護士以及披著黃背心的志工。一位護士的懷中抱著花束，或許是待到音樂會結束後，要獻給老先生的。我還記得母親拍了花束的特寫，因之我可以看清楚花束的主花是香檳玫瑰與洋桔梗，葉材則是茉莉葉和黃麒麟，同時，我也看見了護士無名指上的銀戒。我問母親，他都彈些什麼樣的曲子，她回答：是些臺語老歌，如〈溫泉鄉的吉他〉、〈南都夜曲〉、〈雨夜花〉、〈四季紅〉，還有兩三首我沒有聽過的西洋民謠。相機中有幾則短片，母親說，那是請同為志工的朋友幫忙錄的，因為她還不懂得如何操作錄影的功能。其中唯有一支短片拍到了母親的背影。彼時，老先生正在演奏〈雨夜花〉，起初的時刻裡人們還有些拘束，後來便自然而然地隨著再熟悉不過的旋律輕柔地蕩晃身體，或張開嘴悠悠和著。母親也在人群之中，我一眼就認出那是她，她削瘦的肩膀、綁頭髮的方式、站姿、衣著、膚色……，她是我在這個世界上曾花費了最深的心神凝注過的一個人。影片中，母親也隨著旋律輕輕、輕輕地左右曳傾著，像是一株正在做夢的蘆葦般脆弱而美麗。『永遠。』我的心裡響起了這兩個聲音。我對這兩個字有著無以復加的慾望。打從我很小的時候起就是如此。我敲打著永遠的概念，像一個小孩，明明手中只握有一塊生鐵，但他日夜地敲打它，彷彿要強迫它變成鐵軌，強迫它無盡地延伸，通過一片事實上沒有任何人有足夠的氣力通得過的蠻荒的草原。我時常聽見敲鐵的聲音，有時候在耳窩中，有時候在額角，有時候則在眉心以內大約五、六公分的地方。我時常想那段鐵軌的距離無非就是一個人可以嘗試著去數算，卻又無論如何數算不盡的哀傷。」她停頓了許久，最後喃喃自語道：「或許一切我對於時間的設想，都根源於永遠的概念。」F記得是在黃昏剛開始的時候，當時她也是談到了時間，她說：「時間是一個封閉的圓，是一個圓而不是直線……就像我國小聽過的那些鐘聲啦笛子聲，在我二十多歲時又回到我的身邊一樣。」不知道為什麼，F覺得此時此刻好像竟可以聽見她所描述的笛音，幾個小節幾個小節，頓挫地循環、反覆著，宛如繩結般的質地緩靜地在他的掌心之間浮現。女生還說過：「只要我懷著無窮的耐心一直地等下去，那麼在我臨死之際我的心可以寧靜。」如她所言，「這個故事跟聖誕樹有關。」他想，她沒有對他坦承的，或是她自己在最初打算說這個故事時也不可能會知道的是，這是一個何其令人費解的故事。一般的故事仰仗時間。她的故事，或出現在她故事中的每個人物，則彷彿對時間不懷有希望。這個故事跟絕望有關，F是這樣對自己說的。彼時他和她已經分別，F泡在家的浴缸裡，想著，這個女生究竟把什麼樣子的重負交遞給了自己？他無從明確掌握，只是在氤氳的霧氣的旋繞中，耐抑著非常想要哭泣，卻明知不可能流下眼淚來的心緒。

浴缸裡頭，F以濕漉的手翻查一本他自興大附近的舊書攤買來的小說，學海書局於民國七十一年初版的《罪與罰》。高中時F讀過此書，被辭退了以後，他想既然有時間，於是便又重讀。此刻F的目光停在一向令他深感激動的一個段落。那是梭娜於父親死後，遣其妹波楞到街上，趕上了遺了二十盧布予那貧苦的家庭後便匆匆離去的主角拉斯科納夫。書裡這樣子形容那個小女孩：「他回轉過身。她立在樓梯末級的上一層而停著，比他高站一步。從曠場那邊照過來幽暗的亮光。拉斯科納夫看出這小孩子的瘦削而可愛的小臉，帶著伶俐的秀雅的笑容看著他。她帶著一個很願意傳遞的消息。」

主角問波楞：「你的爸爸愛你麼？」書中寫道：「他最疼愛里達，」她不露一絲笑容續答著，活像大人的樣子，「他疼愛她，因她小，而且她有病。他常是買東西給她的。但他也教我們念書，教我文規，還教《聖經》。」她莊嚴地續說著。「姆媽總不好多說話，但我們曉得她喜歡如此，爸爸也知道。姆媽常教我念法文，因我如今是開始受教育的時候了。」拉斯科納夫又問波楞：「你們都明白你們的祈禱詞麼？」F思及女生向他提過的那一位彩繪磁磚上頭的牧者，她說：「我萬分感激那一段或許持續了有十年之久的，有他在的時光。那個時候我何其信賴說話，那樣子的信賴令我敢於去幻想更多的事物，例如愛與有愛的生活。」而又憶起女生說的，「我連祝福他都不再可能。」

國中搭車通學時，F記得自己總是五點半準時起床，騎腳踏車到小站等六點十七分的那班車。他記得冬季天微啟之際風的刺棘，淺扎他的雙頰與耳垂，彷彿風中有星星的碎屑、花的種籽，核果迸裂後的粉粒。夏季，他時常看見車站旁邊開花的龍眼樹叢間穿飛蜜蜂，那些在陽光下發亮的、靈巧的小昆蟲，像是樹的難以管控的奇想。國中三年F很沉默，沒有談心的對象，正確來說，是他不清楚心是什麼。他有朋友，他與他們一起打籃球。他的身體炙燙，有數不盡的汗。打完球後，他們躺在水泥地上等待身體冷卻，看雲掠過夕陽朝西邊傾斜，蟬鳴間歇的靜默逐漸拉長，他原本激烈起伏的胸膛低緩了下來，這時候，他沒有詞彙能讓他去驅趕那種瀕臨著空洞而渾身都彷彿要被吸入卻又無法抵抗的心緒，究竟是悲傷，或是種滿意，他無法區別。

你們都明白你們的祈禱詞麼？

這個於凌晨的暖水之中被指認出來的問句令F的心感到無比的疼痛。

九歌文庫 1201

B1過刊室

作者	包冠涵
責任編輯	羅珊珊
創辦人	蔡文甫
發行人	蔡澤玉
出版發行	九歌出版社有限公司 臺北市105八德路3段12巷57弄40號 電話／02-25776564・傳真／02-25789205 郵政劃撥／0112295-1
九歌文學網	www.chiuko.com.tw
印刷	晨捷印製股份有限公司
法律顧問	龍躍天律師・蕭雄淋律師・董安丹律師
初版	2015（民國104）年10月
定價	280元

書號	F1201
ISBN	978-986-450-019-2（平裝）

（缺頁、破損或裝訂錯誤，請寄回本公司更換）

國家圖書館出版品預行編目資料

B1過刊室 / 包冠涵著. -- 初版. --
臺北市 : 九歌, 民104.10

面； 公分. -- (九歌文庫 ; 1201）

ISBN 978-986-450-019-2（平裝）

857.63 104017828